# 失意纪念馆

金仁顺 作品

新世界出版社
NEW WORLD PRESS

**图书在版编目（CIP）数据**

失意纪念馆 / 金仁顺著. -- 北京 : 新世界出版社,
2016.11

ISBN 978-7-5104-6018-0

Ⅰ.①失… Ⅱ.①金… Ⅲ.①散文集－中国－当代②小说集－中国－当代 Ⅳ. ①I217.2

中国版本图书馆CIP数据核字(2016)第255911号

**失意纪念馆**

作　　者：金仁顺
责任编辑：黄　倩
责任印制：李一鸣　黄厚清
出版发行：新世界出版社
社　　址：北京西城区百万庄大街24号(100037)
发 行 部：(010)6899 5968　(010)6899 8705（传真）
总 编 室：(010)6899 5424　(010)6832 6679（传真）
http://www.nwp.cn
http://www.nwp.com.cn
版 权 部：+8610 6899 6306
版权部电子信箱：nwpcd@sina.com
印　　刷：北京亚通印刷有限责任公司
经　　销：新华书店
开　　本：880mm＊1230mm　1/32
字　　数：180千字　印张：8.625
版　　次：2016年11月第1版　2016年11月第1次印刷
书　　号：ISBN 978-7-5104-6018-0
定　　价：36.00元

# 目录

Contents

PART 2 ……失意纪念馆

# Part 1

# 以爱之名

# 纪念我的朋友金枝

金枝说她爱袁哲。她一直这么说，不断地说。每次同学聚餐，她都挑袁哲对面的位置，种种怪模怪样儿，截获他的注视；要么就手支着下巴，盯到他浑身发痒。

“你的目光把我脸烤红了。”袁哲抗议。

“我的目标是把你烤熟，”金枝说，“外焦里嫩，片成一片片儿的，吃掉。”

“烤鸭——”我们冲袁哲笑，把“鸭”字拉得老长老长。

袁哲拿我们没辙。他拿金枝更没辙。在我们这拨儿高中朋友里面，袁哲在校园里待的时间最久，本科读完读硕士，硕士读完读博士，博士读完分到社科院，跟其他早就进入社会的同学比起来，金枝说他是“清泉石上流”。

金枝喜欢袁哲，喜欢逗袁哲，叫他“泉哥”。“泉水清且涟矣，可以洗衣服，洗脚，也可以洗澡。”但说归说，她可从来没想在袁哲这棵树上吊死。她的感情生活摇曳多姿。

金枝是医药代表，前年推销出去两台妇科仪器。这两年，光是往医院里卖涂片垫，就让她月入过万。她名片上面的身份是外企白领，代理着两个美国制药公司出产的药品，其中一个主要治疗胃肠道内间质瘤，据说已经让部分肿瘤患者存活了十几年，当然价格也不菲。一盒就要两万四。每月有两次，她起早赶到医院，在大腕主任医生查房之后、进手术室之前的时间隙缝里，想办法挤出几分钟来，把装在信封里面的药品提成现金塞给他们，顺便聊聊天。时不时地，下午三点钟以后，她拎着礼物以及零食饮料去主治医生办公室，跟他们吃吃喝喝说说笑笑，让他们给患者推荐药品时，把她的品种排在前面。隔三岔五她安排个饭局，跟这些医生们推杯换盏，联络感情，放松身心。好几个医生散席后送她回家，一送送到床上。

金枝给客户们买东西时，经常带上袁哲的一份，名牌衬衫、男用香水、背包、红酒之类的。聚会结束，大家鸟兽散时，她提起纸袋往袁哲手里一塞。袁哲接得也很顺手，仿佛那本来就是他的纸袋。

袁哲带聂盈盈来参加我们饭局时，没有事先通告。小姑娘说，她不是“应邀”，而是“硬要”来参加这个聚会的。聂盈盈瘦溜溜、白嫩嫩、娇滴滴，穿件小黑裙，袖子篷成两朵绉纱灯笼。她是师大在读研究生，几个月前他们在朋友聚会上认识。

金枝坐在他们对面，跟她旁边的男生要了根烟，袁哲挨个儿替聂盈盈介绍在座的朋友。到金枝时，聂盈盈跟她问好，她点点头，喷出口烟来。烟雾像颗棉花子弹，朝聂盈盈弹出去，转眼伸长、漫开、展成一小截舞袖，如丝如缕地散掉。

“她高中时就开始抽烟，”袁哲对聂盈盈说，“女版小马哥。”

金枝那会儿是女阿飞，跟男生勾肩搭背，抢烟抽。有一次还把烟吐到了袁哲脸上。他正好吸了口气，呛到了，咳了半天。

“你要不要脸？！”他瞪她。

“你要不要命？！”好几个男生聚过来。

袁哲在高中时，单眼皮，大长腿，白衬衫，年级学霸，体育健将，男神标配样样齐全，引无数女生们竟折腰。男生们早就想揍他个满地找牙了。

金枝拦住了男生们，摆头示意袁哲走。

有两个男生不服气："凭啥？"

"就凭我喜欢他。"金枝宣称。

那天喝的是高度白酒。喝酒之前先要了苏打水，撕易拉罐时，金枝把拉环拉掉了。

"刚出炉的戒指。"她把拉环套在自己的无名指上，冲我们晃了晃。

酒喝到酣处，各种八卦粉墨登场，金枝讲医院里新近发生的事，有个小护士，表面白莲花，私下麻辣烫。老公是工程师，在非洲援建，前阵子回来待了个把月。工程师回非洲后，小护士身体越来越不适，一查查出了艾滋。从上个星期开始，医院里的男医生排队体检，挤爆走廊。

"那你不是也应该体检下？"有人调侃金枝。

"我正安排时间呢，当然也得替你们全都安排一下。"金枝浏览了一圈儿，目光定在袁哲身上，"尤其是你。"

饭局结束后，聂盈盈发了条微博，说男友的朋友们，玩笑尺度大到让人笑不出来。这条微博之后，她又发了一条秒删的微博：胖女人上了公交车，找不到座位，只能拉着车上的拉环，不料司机一个急刹车，胖女人把拉环拉断了，并一下子扑到了司机面前，司机看着她和她手上的拉环，没好气的说："集满三个，送司机签名照一张！"

这条微博下面配了袁哲开车的照片。

"袁哲，我爱你！"

金枝在婚礼上跟袁哲告白。

那会儿，婚礼上的人都在等待着吉时良辰。为了选这个良辰吉时，袁哲和聂盈盈驱车300公里去一个县里找风水先生。那个先生谱儿很大，只按自己方便的时间接待来宾，还经常闭门谢客。他们事先托人说了情才见到先生。聂盈盈在微博上把这个过程写得一波三折，起伏跌宕，@了一大堆朋友。不光这件事儿，聂盈盈什么都拿出来晒。房子、车子、装修、家俱，随着婚礼的临近，又加上了鲜花、蛋糕、各种心型饰物，每次都@一大堆人围观。她还经常把袁哲的西装、衬衫、皮带、皮鞋、手表摆摆好，旁边是她的裙子、包包、鞋子、首饰，衣衫相依相偎，相亲相爱。

距离婚礼进行曲响起来还不到两分钟，聂盈盈从休息室出来，新娘子一袭白纱，裙摆阔大，丝绸雪纺如雪雾飞扬。她挽着老聂，走到红毯的边缘，那里搭了一个心型花架，白玫瑰与勿忘我镶满其上，紫白相间，清新亮眼。父女俩就像嵌在相框里面。

老聂年轻时走过仕途，后来下海经商，人脉通天，财大气粗。他现在的老婆是第三任，比聂盈盈大不了几岁。我们进场时，她陪在老聂身边迎客，杏脸桃腮，眼横春波，把男宾客们电得不轻。

大家的目光都瞟向新娘，金枝是怎么上到台上，从哪里弄到麦克风的，我们不得而知。今天她来的时候，身上就带着酒味儿，脸孔像张揉皱的纸。有人倒了杯可乐给她，她摆摆手，让人开了瓶啤酒，说要透透宿酒。

"我爱你，就像爱塞北的雪，春风又绿江南岸的绿，荷塘月色里的月色，总而言之，言而总之，"金枝拿着麦克风，身体摇晃着，声音因醉酒而沙哑磁性，非常爵士，"你是我男神。跟耶稣、释迦牟尼、安拉，并列为四大天王。我一上香就上四根。"

我们笑翻了，连袁哲也笑了，随即又绷紧了脸。有些宾客发懵，还有一些人以为金枝是婚礼请来助兴的演员呢。

"我男神今天要结婚，新娘不是我——"金枝停顿了一下，"新娘不是我，这没关系，新娘可以假装她自己是我，对我男神要顶礼膜拜，三从四德，鞠躬尽瘁，死而后已……"

司仪小伙跑上来，被舞台上的线绊了个跟头，差点儿给金枝来了个单膝跪地的请安。

"来就来呗，"金枝抱着胳膊，"这么大礼！"

司仪起身凑到金枝身边，要附耳过去跟她讲话。

"有话说话，"金枝身体往后躲了躲，"凑什么近乎？我男神看着呢——"

袁哲叫了金枝两声，冲她做了个打住的手势。

金枝看着袁哲，话筒还在她嘴边，她的呼吸气流声清晰可闻，仿佛潮汐涌流。

“——不往下整了？”她问他。

袁哲做了个手势。

“你是男神你说了算，男神说的话都是神话——”金枝冲音响师打了个响指，“Music！”

婚礼进行曲从音箱里面奔涌出来。

金枝小天鹅似的踮起脚尖，鞠躬谢幕。来宾们掌声雷动，还有人拍着桌子喊，“再来一段！”

聂盈盈和她爸爸表情肃穆，任凭婚礼进行曲兀自进行着，他们耳语了几句，挺胸站直，沿着红毯迈步前行。走到新郎身边时，老聂迟疑了一下才把聂盈盈的手交到袁哲手里。

司仪小伙讲了一堆套话：金玉良缘、百年好合、白头偕老；你愿意成为她的丈夫吗？无论疾病还是健康，幸福还是痛苦，富贵还是贫穷？你愿意成为他的妻子吗？陪伴他，鼓励他，支持他？

无论司仪说什么，宾客们都大声叫好、鼓掌。

证婚人宣读了结婚证书，袁哲和聂盈盈交换了戒指，司仪让他们亲吻。聂盈盈冰雕似的站着。袁哲撩起她的面纱，嘴唇凑过去碰了她脸颊一下。

司仪大声宣布：“礼成！”

金枝在婚礼上的表演被人拍了视频，弄到网上，点击率井喷，评论如野草疯长，“笑抽了！”“史上最强女神经！”“超级闺密！”

金枝说她那天宿醉未醒，被朋友提醒才上网看，“奥斯卡影后神马的，跟我比，都弱爆了啊。”

“你红了，”我提醒她，“新娘新郎脸都绿了。”

“脸绿怕啥？帽子不绿就行呗。”

金枝张罗请客，为袁哲聂盈盈新婚贺喜，为自己酒后无德道歉。袁哲说不用，但聂盈盈一口答应下来。

金枝定了“春樱”日本料理，桌子窄细，食品五彩缤纷地摆满了桌面，仿佛一条花河。大家分列两侧，金枝坐在袁哲和聂盈盈对面。清酒烫好后送上来，金枝把自己面前的三个空杯倒满。

“我先赔个罪啊——”金枝指了指面前，“这三杯酒的意思是：对，不，起！”

“喝酒难看，喝醉了更难看，喝醉了的女人难看加难看，喝醉到都不知道自己醉成什么样儿的女人史无前例的难看。我自己都看不下去了！”金枝说完，把三杯酒端起来咣咣咣干了，“对不起啊，盈盈，姐跟你道歉，虽然你长得跟棵芹菜似的，但姐希望你能变成卷心菜，多多包涵。”

“你这体格，又这么多希望，”聂盈盈笑笑，“我哪能包得住？”

炕桌细长狭远，酒喝起来像流水席。袁哲和聂盈盈坐在中心位置，燕尔新婚，大家有心帮金枝补错，小夫妻成了大家敬酒的靶子。清酒入口微甜，度数低。聂盈盈来者不拒，几轮下来，聂盈盈的“沙宣头”发丝散乱，眼影也洇染变成了烟熏。她跟金枝隔着桌子，促着膝，手拉手，身体不时越过小桌子，她们咬着耳朵说的话，所有的人都听得到。

“我知道你跟袁哲睡过。”

“大学的时候我们去草原，搭帐篷，六个人一起，这算吗？”

“动手动脚没？”

“我想动啊，可中间隔仨人儿呢，还有一堆背包，只能动动心眼儿了。”

“那更危险啊。妻不如妾，妾不如偷，偷不如偷不着，动心眼儿就是偷不着。”聂盈盈斜睨着袁哲，朝他脸上拍了一巴掌，“唐僧啊你！”

聂盈盈下手没轻没重的，听上去像扇了袁哲一耳光。

金枝睁大了眼睛，坐直了身子，伸手去拿聂盈盈的酒壶。

“——你喝大了！”

聂盈盈把她的手摁住，“别抢我的酒。”

“别再喝了！”袁哲拉了聂盈盈一把。

聂盈盈死拽着酒壶，晃动肩膀抖落掉袁哲的手，发丝像把刷子从面颊上拂过去，“滚你妈蛋！”

包房里瞬间安静。

“你他妈的就是，”聂盈盈看着袁哲，一字一顿地说，“被苍蝇叮的、有缝儿的蛋。”

金枝扬手给了聂盈盈一耳光。

“干吗干吗干吗，”我们从两边涌过来，“喝多了喝多了喝多了——”

“告诉过你了，对我男神要三从四德、鞠躬尽瘁。”金枝甩开我的手，看着聂盈盈，“喝二两酒你不知道自己是谁了？！”

聂盈盈摸了下自己的脸，看着金枝，“你打我？”

“你欠揍！”

“她打我耳光？”聂盈盈问大家。

“不是不是不是，喝多了喝多了喝多了——”大家纷纷道。

聂盈盈抓起手边喝水的玻璃杯，在桌子上一磕，哗啦一声，杯底磕得稀碎，水在桌子上面漫漶开来，她的眼泪也奔涌而出，举着漏光了水的杯子喝水，抽抽答答地说，“从小到大，还没谁敢动我一根指头呢——”

“不服气？”金枝说，“你可以打回来。”

“真的吗？”聂盈盈抬眼看着金枝。

“当然。”

“别闹了，”袁哲拉着聂盈盈，“回家！”

聂盈盈甩脱了袁哲，抡起手里的玻璃杯，朝金枝脸上砸过去。她用力之大，要不是袁哲拉着，她整个儿人会隔着桌子栽过去——

玻璃杯戳进了金枝的脸颊，像个巨大透明的印章，金枝疼得表情都扭曲了。她脸颊上被戳出个圆形的印迹，先是发白，慢慢地，血滴渗了出来，圆滚滚的红豆。很快，血流成了溜儿，顺着金枝脸颊往下淌，流进了嘴角，从下巴滴落到衣服上。她冲聂盈盈开口时，几颗牙齿也被染成了红色。

“——我们扯平了！”

袁哲第二天去看金枝。前一天夜里，聂盈盈离了水的鱼似的，蹦跳扭动，三个男生帮着袁哲，把聂盈盈从日本料理店拖出来，塞进出租车里。其他人陪着金枝去医院。急诊室的两根灯管像个等号，白炽炽的，“嗞嗞”“嗞嗞”叫个不停，医生处置台边的灯，亮得让人眼前发黑，值班医生为金枝处置了好长时间，到最后也无法确定是不是仍然有玻璃碎屑留在伤口里面。

金枝在QQ上给我了留了好几十条留言，她睡不着。麻药让她的脸肿胀成了气球，舌头大了好几倍似的。麻药劲儿下去后，疼痛像春天的草，从伤口处钻了出来，它们生机勃勃，而且好像要生生不息。天光大亮时，她在窗前看着邻居们上学的上学，上班的上班，汽车甲壳虫似的，排队爬出小区。她拍了几张日出时的照片，发在微博上，有奖竞猜：这是她弄洒的牛奶？还是天上的云彩？

“我觉得自己刚睡着，就被袁哲的手机吵醒了。”她的手机放了静音，噗噗噗地震动不止。她看了眼手机，袁哲打了二十多个电话，还发了短信，说他就在她楼下。

金枝从窗户往下看，袁哲站在香槐树下，从树影中漏下来的阳光，把他的衬衫变成了白银的鳞片。

“我给他回短信，说我不方便见客，而且这点儿小伤，也没什么可探视的。”金枝对我说，“但袁哲一定要见我，不见不走。我们来来回回发了十几条短信，他还是不走。我只好起床，洗脸刷牙换衣服，我还画了画眼角，刷了睫毛膏，用纱巾把脸上的纱布蒙严实了，他见面后，说我像阿拉伯美女！

“他替聂盈盈道歉，说她年纪小不懂事，让我别跟她一般见识；我说我跟聂盈盈是来而不往非礼也，我先挑起战火的，她是自卫反击。

“我们喝了杯咖啡，平时扯闲篇儿时一套一套儿的，但一对一大眼瞪小眼时，我跟他没什么好说的。他就像用牙齿打字似的，一会儿迸出一句，一会儿又迸出一句。他说我这些年来对他的好，点点滴滴，他都明白，很感动。他何德何能，受之有愧。我说我也没做什么啊，倒是给你添了很多乱。他说昨天我受了伤，他一夜没睡……我鼻子酸溜溜的，说跟你有啥关系啊？两个女生喝醉了任性，胡闹，跟你一点儿关系都没有。再说了，就我这体格，这点儿小伤算什么？他看着我，叹了口气，说你啊，只有身材是胖的。我就泪奔了——”

窗外的天色渐渐变灰，变暗。西天边上，云彩一度红彤彤的，也慢慢烧成了灰烬，融化在越来越浓黑的暮色里面。

袁哲把金枝送进卧室里躺下休息。安顿金枝躺好后，他自己也上了床。金枝没想到这个，“哎——”

袁哲亲吻她的脖子，温柔地咬了咬她，又咬疼似的用舌尖抚慰她。金枝说不出话来，身体软得像床羽绒被，她想推他起来，但抬起的胳膊棉絮似的。袁哲的另外一只手从她两手中间穿过去，解开她的扣子。金枝心跳得很厉害，害臊得不行。他的手游走到哪里，她的思绪就跟随到哪里。她为自己的脂肪和体量感到羞耻。她看起来像只章鱼吧？摸起来像一团乳酪吧？他在身上时，像骑在牛背上？袁哲肯定以为自己多年来梦想着跟他上床，才会用这种方式来安慰她吧？金枝很后悔没在他刚爬上床时把他踢下去。现在她只能希望夜色浓烈些再浓烈些，把他们的身体像奶油一样融化在黑夜里……

离开之前他在她额头上亲了一下。她冲他笑笑，后来才想起来房间暗到让人消失了视觉，而且，她脸上还戴着头巾。

金枝发微博说她出门散心，然后就没影儿了。

起初我们以为她在哪个疗养胜地养伤，谁也没当回事儿。等过了一段时间找她时，发现她的手机、QQ、微博、博客，全都停摆，医院的工作也由她的一个助手接过去了。金枝无影无踪了。

我们猜测金枝的去向，旅游时遇见真命天子，浪漫天涯了？还是男神结了婚，自己毁了容，哀莫大于心死，遁入空门，不爱红尘恋青灯？女生独自旅行，被劫财劫色的事情时有发生，但我们都觉得金枝不会成为这种社会新闻的女主角，而且退一万步说，真有个三长两短的话，警察早就找上门儿来了。

没有了金枝，饭局上再没有人叫板一口气吹光整瓶啤酒，K歌时没有了麦霸巨星，开玩笑时没有了靶子，金枝是饭局局长，朋友圈灵魂。

“金枝啊金枝！”大家在QQ群里、微博、微信上面，四处寻找金枝。我们对着高山喊：“金枝，你在哪里啊你在哪里？”我们对着大海喊：“金枝，你在哪里啊你在哪里？金枝，袁哲喊你回来吃饭。”

金枝消失了十八个月。就像她没有任何征兆地离开，她回来得相当突然。她在群里自称金枝斯密达：轻轻地我回来，正如我轻轻地离开/我挥一挥衣袖，没带回河畔的金柳和天边的云彩。她在微信上发了几张韩国的风情照，所有的照片里面，都有同一个桔黄色的行李箱。

天哪，我们怎么没想到呢，她去韩国了！

我们想起她脸上的伤，我们怎么会忽略了这个呢？金枝当然要去韩国，她必须去韩国。她是很大条，但没大条到对毁容都能付之一笑。

“安宁哈噻哟！”金枝踩着约定时间进了包房，手里拎着在微信图片里当主角的桔黄色小拉杆箱，里面装满了给我们的礼物。

她把我们全都惊呆了。

金枝没变成宋慧乔，没变成全智贤，或者什么尹恩慧、韩智慧，金枝把所有这些女明星融化了，然后浇铸到“金枝”这个模具里。金枝还是金枝，但金枝变成了勾兑版，或者说，韩版。以前她的脸是宽阔的，现在从两边往中间挤，脸颊窄细了一半，鼻梁则被挤高了一倍，嘴唇丰满、嘴角上翘，她原来就白得像雪，现在是雪里掺了奶，白得跟珍珠似的。最让人跌眼镜的是金枝的体重，曾经被我们喻为“撼山易，撼体重难”的金枝，瘦到了当她进屋时，我们没有一个人认出她来。

金枝让我们凌乱了。她就像仙女下凡，狐狸精转世，要多玄幻就有多玄幻，要多不真实就有多不真实。

“你整容了？怎么整的？肥是怎么减下来？吃药还是运动——”

“我天生丽质好不好？”金枝不承认整容，“以前是脂肪掩盖了我的真面目，而你们这群家伙，有眼不识金香玉！”

她承认减肥。她在韩国一家减肥美容中心减肥，六个月后成为减肥中心的接待员，兼形象代言人，一年半的时间里，她减了60斤。她的照片从她160斤开始，一张张贴在墙上，记录她的变化。

“日新月异啊。”金枝笑着说，“但最近几个月新来的客人，都不相信那个照片里的人是我，他们认为照片是PS的。而且越是中国来的，越不相信。”

我们也不相信，完全不相信。金枝的变化太销魂了，活生生的奇迹和魔术。我们相信金枝能这么沧海变桑田，除了她讲的一二三四，一定还有别的五六七八。女生们咬着耳朵问她，减那么多，皮肤会松很多嗳。她咬着耳朵回复我们说，做了两次紧肤手术，收紧了，而且几乎没什么痕迹，就是价钱贵死人，这一年半，她打着工还花了三十万人民币。

代价不只是钱。金枝几乎不吃东西。她让人倒了半杯红酒，浅斟慢饮，指甲涂成了银色，手背上那些胖涡涡儿都不见了，取而代之的是一节一节的骨感美。“做梦都要流口水”的东坡肉端上来，她只吃了一小块，“曾经有一个月，我只吃水煮白萝卜胡萝卜。”

“那段时间我都抑郁了，站在窗边就想从楼上跳下去，有一次我把印着美食图片的纸嚼了——”她看着我们的表情，笑了，“这都不算事儿，我亲眼见到为了杨柳细腰拆掉两根肋骨的女人；削骨磨牙，抽脂打针，垫鼻梁，女人们手术后肿得跟猪头、缠得跟粽子似的，真正是面目皆非，鬼哭狼嚎啊。医护人员反复跟我们强调，整容是女人的二次投胎。现在在地狱，出了门就上天堂。”

袁哲整个晚上只说了一句话：“伤彻底好了？”

金枝点点头。

散席时当然是袁哲送金枝，“男神送女神，神神道道。”我们陪着他们走到汽车边，眼看着他们从两边上车，在汽车后座排排坐，冲我们挥挥手。

金枝只用了不到一个月的时间，就跟过去的生活无缝链接了。当初她离开时，只强调了健康原因，没跟公司要求任何条件和补偿。她离开后，公司在本地区的业绩一落千丈，公司原来以为金枝攀上了新枝，后来发现不是。金枝回国后，立刻对她大摇橄榄枝，欢迎她重回老东家。以前跟她合作过的医生，对金枝的旧貌换新颜，当时就震惊了。现在不是她约他们吃饭，而是她把自己变成了美味佳肴，主任医主治医们追着她订饭局。我们聚会时，金枝的手机冒泡儿似的响起各种提示音。她时不时地扫一眼，电话她放静音状态，偶尔接一下，大多数来电她任凭电话噗噗噗扑腾累了拉倒。

“都是跟我咨询整容和减肥的。”她苦笑。

“姐不是传说，”我们逗她，“姐是传奇。”

有一天聚会时，聂盈盈突然来了。

“我是通过这个找到你们的，”她冲我们晃晃苹果手机，“又是‘硬要’参加。”

袁哲跟她分居半年多了。他说自己当初昏了头了，才找了白富美小女生结婚。聂盈盈的生活能力是负数，家里的事情要么是钟点工做，要么是袁哲收拾。她每天只管拿着手机，东拍拍西拍拍，一天发几十条甚至上百条微信和微博，一草一木，一杯一碗，吃喝拉撒，她连袁哲洗澡、只穿着内衣，以及睡觉的照片都发出来。袁哲的婚后生活在朋友圈里几乎是现场直播。她自己也是，完全没有隐私可言，底下的评论说什么的都有，看得他撮火，她却觉得这样才有存在感。

“金枝姐姐，你真是沧海变桑田啊！”聂盈盈打量着金枝，“微信上看到他们发的照片，我还以为是PS的——”

“你有事儿吗？”袁哲冷着脸问她。

“上次喝醉了酒，不小心伤到了金枝姐姐，我怎么着也得当面道个歉啊。”聂盈盈跟袁哲说完，扭头又看着金枝，“对不起啊，金枝姐姐，你大人不计小人过，原谅我酒后失态。”

金枝笑笑，加了把椅子，请聂盈盈坐下，让服务员再添副餐具。

“你这腮削得太自然了，你还开了眼角，别人看不出来我可能。我同学里面好几个开眼角的，都开得没你这个好。韩国技术就是成熟，你隆鼻用的是哪种填充料的？他们说，隆过鼻子的人，坐飞机，有时候鼻子会像猪鼻子那样鼻孔朝上掀开，可惊悚了，是真的吗？”

金枝笑笑。

“你先回去吧。”袁哲说，“有事儿我们明天通电话。”

“干吗对我这么狠心啊！”聂盈盈说，“我是你老婆哎，明媒正娶，受法律保护。我今天一天没吃饭，现在，吃人的心都有。”

聂盈盈抄起筷子吃菜，有人倒酒，有人说起天气。“桃花突然就开了，简直吓人一跳。还有李花、杏花、梨花，李花和梨花都是白的，但梨花花瓣更大一些。要不就是它们的花蕊有些不同？反正公园里面的花开得都连成片了，都开成一片烟了，怪不得古人说，花非花，雾非雾呢。我们要不组团去日本看樱花？顺便购个物？韩国也行，济州岛的山樱不比日本的樱花差。”

“顺便再整个容。”聂盈盈举起手臂，“我第一个报名。”

“樱花马路对面的公园里就有，喝完酒咱醉里挑灯看樱。”有人出来打圆场，“大伙儿坐半天了，得走一个了吧？”

我们举起酒杯，干了一杯。金枝照例是红酒，喝了一口就放下了。

“你是怎么瘦下来的？”聂盈盈酒还没咽下去就问金枝，“他们在微信上说你减肥，只吃萝卜，我不信。他们有吃狗粮的，倒是减的挺见成效，吃萝卜能瘦成这样儿我还从来没听说过。你往胃里吞蛔虫了？还是你把胃切了？你吸毒了吗？”

“你见多识广，”金枝笑笑，“什么都瞒不过你的法眼。”

我们转移了话题，聊八卦，医院院长最近被抓了，据说在他家里阁楼里面搜出来三千多万现金，藏在一堆书里面。案件被报道出来时，题目叫书中自有黄金屋。当然，黄金屋是加了引号的。

“还有通奸吧，”聂盈盈说，“现在到处都是通奸——”

聂盈盈不肯离婚。袁哲搬走时，她是同意的，现在，她说要再想想。想了几天后，她说离婚可以，谁离了谁都能活，但离婚的步骤得按她的意思来，比方说，第一步，袁哲先搬回家。

“共同进退嘛。”她说，“我很在乎形式。”

袁哲回去之后的生活，通过聂盈盈的微信、微博，时不时地露出一鳞半爪。聂盈盈在床上摆着S形自拍，星眸迷离，媚眼如丝，背后是熟睡的袁哲。她还拍了很多细节特写，比如他们挨在一起的脚，交叉的牙刷棒，两个紧贴着的咖啡杯，杯手组成了“好”字。

“她自编自导自演，我什么都没做。”袁哲告诉我们，“她的三妈在后面当军师。一会儿一个主意。以前她们是仇人相见，分外眼红，现在亲如姐妹了。”

聂盈盈三脚猫的功夫，倒没什么，三妈一看就不寻常，垒得起七星灶，煮得开三江水，相逢开口笑，笑里全是刀。老聂小聂都被她收服了，手段不是一般二般。

“你现在美貌与智慧并重，工作与财富兼收。”我安慰金枝，“男人就像春笋，四处往外钻，没有袁哲还有李哲王哲赵哲。”

“条条大路通罗马？”金枝笑笑，“我也这么劝自己。可是不大灵啊，不管怎么劝，最后还是一条道儿跑到黑。”

她喝的咖啡是黑咖啡，临走时，打包了两块提拉米苏。袁哲每天下了班先去金枝那儿，吃饭喝茶，夜深了才回家。

金枝穿着紫色七分裙的连衣裙，白色香奈尔包包，往停车场方向走时，回头冲我笑笑。她身后有一大片盛开的紫丁香，紫泅泅的，烂漫无匹，香得人透不过气来。金枝被那片浓香重紫化掉了。

三妈一出手，果然是辣招。不知道她是怎么做到的，金枝以前的那些风流事，以及她在韩国交往过的两个男人，一个是整形医院的医生，另外一个是开牛尾汤汤馆的老板，全都被她查了出来。时间、地点，有的人连照片都附着。三妈约袁哲见了面，把纸袋放到了他面前。她没讲金枝一句坏话，她甚至没把这件事情告诉聂盈盈。

金枝刚洗了澡，给我开门时，身上裹着浴衣。客厅里只开了几盏壁灯，家俱仿佛沉没在水下。她领着我直接进了厨房，餐桌上面有打开的酒，高脚杯也都摆好了。金枝往酒杯里倒酒，讲了三妈釜底抽薪的事儿，手在吧台上的纸袋上拍拍。

“袁哲怎么说？”

“他说他不介意，过去的就让它过去吧。”金枝喝了口酒，笑笑，“漂亮话就像整过容的脸，总归有后遗症的。”

她头发湿漉漉的，胡乱拢在脑后，耳朵边几缕发丝，发梢上含着水，慢慢团起来，泪滴似的滴下来。

金枝失眠，她经常夜里发微信，说说东说说西。聂盈盈倒是很少出现了，一个月来她销声匿迹，只偶尔上来冒冒泡。

聂盈盈说她被流星击中，怀孕了。

我给金枝打电话，“你要是相信才叫傻呢。”

“是真的，袁哲承认了。”

“不要脸的东西！”我骂。

“人家是合法夫妻，天经地义。”

“那就把红杏开在家里，出墙来嘚瑟啥？”

“是我把红杏枝探进人家墙里好不好？”金枝的声音有些怪，仿佛她在梦里，又仿佛醉了酒，“而且我还不只探进这一家呢，我是红杏枝头春意闹！”她笑起来。

我约金枝见面。我一定要见到她面才放心。她被我纠缠不过，答应了。我们又约了另外两个女生，去吃麻辣小龙虾。

麻辣小龙虾、水煮鱼、香辣蟹，都是大盆端上来的，中间又穿插了几个小炒，桌子上摆得满满登登的。

“血染的风采。”金枝笑着说。

金枝的脸白得像黎明前的天色，一个月没见，眼袋和黑眼圈儿全都出现了。她说这阵子失眠闹的。她喝啤酒的时候先扔了两片药进嘴里。中间她又吃了两片药。

“你别在这儿睡着了——”

“能睡着就好了。”金枝说，“一觉醒来，发现所有这些不过是一场梦。”

“袁哲不值得你这样儿。”我说，“谁都不值得。”

“爱情这东西，谁先动心，谁就满盘皆输。”金枝说，“我十年前就满盘皆输了。”

中间我们去了下洗手间，回来时，留在桌边的女生说：“她又吃药了，我没拦住——”

“没事儿，我早就有抗药性了。”金枝对我说，“你给袁哲打电话，说我吃药了。”

“起来，”我拉一把金枝，“我扶你去洗手间吐掉——”

“等会儿，你先打电话。”

“你他妈有病吧你？！他到底哪儿好，值得你这么犯贱？！”

“我他妈就是有病，病大发了。”金枝冲我笑，“大病就得大治，就像我当初去韩国，大治了一次，治好了回来了。这次也是一样，折腾够了，就去他妈的了，我保证！”

我用免提又给袁哲打电话，电话关机。

“他说他爱我。他说我在韩国的那段时间，他发现他早就爱上我了，爱上了胖金枝——”

金枝的笑容还在脸上，但越来越散，越来越恍惚，她的身体朝后倒去，我伸出手臂，刚好接住她。

120来之前金枝已经进入了昏迷状态，我们试图让她吐出来，但她牙关咬得紧紧的。她的脸色雪团似的，好像正在从我怀里化掉——

我们轮流给袁哲打电话，打不通。我们在微信上给他和聂盈盈留言，金枝吃药自杀了！袁哲你他妈的死哪儿去了？！

到了医院，金枝直接被推进去洗胃。我追着医生说她严重失眠，吃了安眠药，还喝了啤酒——

医生脚步没停，直接进处置室去了。

金枝的肚子爆炸了！医生急赤白脸地质问我，为什么不告诉他金枝胃里有水球？

我没听明白他的话，她胃里有什么？

“水球。”

“为什么她胃里有水球？”

“我怎么知道？可能是减肥吧。”医生说，“装满了盐水的水球，加上食物，加上啤酒，加上洗胃的水，她的胃像一个汪洋大海，爆炸了。”

袁哲和聂盈盈是一起来的。

“她真吃药了？”袁哲问我，“吃什么药？”

“一哭二闹三上吊，”聂盈盈哼一声，“吓唬谁啊？”

我指了指处置室，让他们自己进去看。

聂盈盈不去。袁哲犹豫了一下，自己进去了。我们听见他在处置室里嚎叫了一声。接着，又嚎叫了一声。聂盈盈跳起来，抓住我。

我知道袁哲看见了什么。处置室里，金枝躺在床上，脸是透明的，水晶冻似的。她的身体摊在那儿，掏心掏肺，披肝沥胆，肝肠寸断。我也想嚎叫来着，但没嚎出来。我在卫生间把胃吐空了，然后就像壁画一样贴在墙上，动弹不得。

袁哲是一寸寸地从手术室里面挪出来的，他打着冷战，胃痛似的佝偻了身体。聂盈盈过去扶住他，往手术室方向看了一眼，“——怎么了？”

她受了他的传染，也发起抖来。

他们背靠着墙，好不容易才站稳，朝我看过来。

“金枝说，她爱你！”我对袁哲说，“她爱死你了。”

# 伤痛，以及其他伤痛

凌晨五点半，我去车站接孜枚。这差不多是一天中气温最低的时刻，天气预报为零下23摄氏度。

此刻，天还没亮透，从雪地上面浮起的寒气是淡淡的紫色。

除我以外，还有几十个接站的人，全缩在厚厚的防寒服里。有一个中年女人的脸蛋好像两个冻柿子，颜色像，质地看上去更像。她戴着厚厚的棉手套，手里举着一块招待所的牌子。

从广播里传出一个女人懒洋洋的声音，说火车正点进站。大家都松了一口气，冰冻的气氛缓和了一点儿。又过了一会儿，几个穿制服的女人从值班室走出来。一人把着一个出口站定后，呵欠打得整张脸都撕开了，也不用手挡一挡。接站的人全都聚集到旅客出口的栏杆边儿上，头从帽子里伸出来，脖子伸得长长的，往出站口的方向打量。

出站口仿佛一张扁扁的、巨大的嘴巴，伴随着广播声开始往外吐人，先是几个，然后是一大群，脚步声轰隆隆地朝出口处涌过来。

我站在人群后面，背靠着一根廊柱，同时盯着两个大门，以防孜枚从我的视线里漏出去。

我和孜枚有五六年没见了。她曾经给我写过一封信，说她要去厦门发展。此后的几年她一点儿消息都没有。三天前，她突然给我打来电话，说她现在在东北，回厦门前想见见我。如果我方便的话，她将从我所在的城市飞回厦门。这样一来，我们有一个白天的时间可以在一起。

我对孜枚说：“你一定要来，到时候我去车站接你。”

我的肯定反而让孜枚犹豫不决似了。她沉默了一会儿，又问我：“你真的欢迎我吗？”

“当然，我们再不见面的话，我快要记不得你长什么样儿了。”为了表示我的诚意，我大声地冲话筒里面喊了一句，“快来吧，臭丫头。”

孜枚笑了：“好吧，我去。”

放下电话后，我又回到写字桌前继续校对一篇小说。我坐了半个小时，连一页纸都没翻过去。孜枚的身影在那些黑字中间隐隐约约地抖动，好像正从文字里面走来，又好像刚预备从文字里面离去。

上初中三年级时我得过一场病，休学了半年后，回学校复读时我插班到孜枚所在的班里，和她坐同桌。孜枚穿着一件款式和质地都很新潮的衣服，拉链从后面一直拉到领子上。可能是她浅巧克力色的皮肤，或者是她嘴唇的那种丰满，孜枚给人以异样的感觉。多年以后我才找到词来形容孜枚留给我的第一印象，她很性感。

我们的班主任叫徐文清，是个瘦瘦的、很寡相的女人，总是梳着直楞楞的短发。我从来没看见她穿过一件颜色鲜艳的衣服。徐文清在管理学生方面有一套独特的办法，她认为只有保证了纪律，才能保证成绩。初三年级的教室是一排平房，徐文清的脸常常出现在某个窗子边儿上，往教室里面打量。如果哪个倒霉蛋儿上自习课说笑打闹时被她抓住了，肯定是要挨上两个耳光了。

每天放学前，徐文清都把犯了错误的学生叫到黑板前面来站成一排，这种时候班里变得鸦雀无声，抽耳光的声音听上去格外响亮。徐文清的脸上泛起红润，眼睛比任何时候都变得更加明亮。我们都猜想徐文清那么热衷情于抓纪律，其实是为了满足自己打人的需要。

我插班还不到半个月，就发现徐文清不喜欢孜枚，而且似乎到了恨她的程度。她看着孜枚的眼神儿就好像她是一个多么下流的人似的。

有一天我在操场上遇见徐文清，她很亲切地叫了我一声。

我站住等她。

徐文清走到我面前，她比我只高半个脑袋，但她身子里好像灌了铅，或者铸了铁，很有重量感，压得我不敢抬头去看她。

“最近我经常看见你和曲孜枚一起上学放学了。”

“有时候——”

“你怎么能和她那样的人一起上学放学呢？”徐文清的口气变得不太高兴。

我抬头看了看她，她很温和地望着我。

“曲孜枚可不是什么正经人，以后离她远点儿。”徐文清拍了拍我的肩膀，转身走了。

这件事我从来没对孜枚说过。后来我知道徐文清差不多跟所有与孜枚走近的同学说过类似的话。孜枚知道这些事儿，她恨徐文清恨得牙痒痒。

但是，也不能说徐文清的话没一点儿道理，孜枚的确是个很另类的女孩子。我在高中时代所经历过的震惊，差不多全是通过孜枚带来的。那时候孜枚已经在一所技校读书了。技校和工厂联系得比较多，课程也不只限在书本内，技校的学生每个月都有机会到工厂里实习。在我看来，孜枚已经过上非常社会化的生活了。她给我讲的很多事情也证明了这一点。

有一个星期天，孜枚来家里找我，我们闲聊了一会儿，她突然停了口，表情神秘地问我："你知道吃什么样的药能打胎吗？"

我呆怔了一会儿，很快把目光移到她的肚子上。

孜枚笑了："不是我，是帮别人问的。"

"你为什么不去问你爸？他是医生。"

"烦他。"孜枚撇了下嘴，说起别的事情来了。

孜枚的爸爸名声不好是出了名的，他经常与女病人发生婚外情。在挑选情人方面，标准随和得让人难以接受。孜枚的妈妈管不了丈夫，一有事儿就对着孜枚哭哭啼啼。

高中一年级那年的暑假，一天下午孜枚匆忙地跑来找我。她穿了一身运动服，还有球鞋，怒冲冲地对我说，"我要去打一个人，你敢不敢跟我去？"

"打谁？"

"我爸又和一个女的搞到一起去了，还想和我妈离婚。我要去教训教训那个臭不要脸的第三者。”

以前我从没有过打人的经历，但孜枚把话说出来后，我毫不犹豫地答应了。

我换上了运动鞋和牛仔裤，坐在自行车后座上。孜枚带着我，一路飞快地蹬着车子，来到一家饲料加工厂。那个女人在这家工厂里当会计。孜枚在找我以前，已经做过调查了，那个女人三十多岁，没结婚，有点胖，平时骑着自行车上下班。我问孜枚她长得什么样儿，“就是一个贱货的模样。”孜枚说。

我们在饲料加工厂外面等了整整一个下午，那天的太阳非常毒辣，把地上的土全晒成了粉末状。我们站在马路边儿上，汽车开过去后，卷带起一阵雾状的尘土，落到我们的头发上、脸上、衣服上、鞋上。我的手心被渗出来的汗弄湿了，黏乎乎的，而嗓子眼儿里却干得冒烟。

我和孜枚反复商量着打人的事儿。需要我做的事情很简单，那个女的骑车或者推车走出单位大门后，我只要上前拖住自行车就行了，孜枚认为她自己足够对付她的。孜枚的腿又长又直，以前在校体育队受过训练，初中三年她一直保持着年级五千米长跑冠军的头衔。我们预定的目标是把那个女人打得面目全非，让别人一看见她的脸，就明白她因为生活作风问题挨了揍。

我和孜枚那一下午让太阳把头皮都晒疼了，也没见到想等的人。后来我们向从工厂里面走出来的一个人打听那个女人。他说她得了感冒，没来上班。

我和孜枚推着车子往回走，孜枚的脸色很难看。走着走着，她突然冒出一句话来："她可能没得什么感冒，待在家里与我爸爸鬼混呢。"

我没说话。整个下午神经绷得太紧，这会儿一放松下来，全身上下有一种懒洋洋的疼痛感。

我看见孜枚从人群里出来了，她没怎么变，头发染成了棕红色，和肤色很配，紧身的皮夹克竖着毛领。她边走边和身旁的年轻男人说着话。男人手里拎着一只红色的提箱。

"孜枚——"他们检过票从出口出来，我叫了一声。

孜枚对着我绽放了一个笑容，走过来抱了我一下。她的脸颊贴到了我的脸颊上，身上的皮革气息和车厢里沾染到毛衣上的烟味儿冲进我的鼻子里。

"你的脸比冰块还要凉。"孜枚说。

"给我吧。"我从她手里把一个背包拎过来。

孜枚转身从站在身后的男人手中把提箱接了过来，冲他笑着说，"真是太谢谢你了。"

"别客气。"那个男人的目光恋恋不舍在孜枚的脸上咬着，"有空打我手机。"

"好的，再见。"孜枚冲他挥挥手，拉着我往外走。

这会儿，天光已经大亮了。

“你的朋友吗？”我问孜枚。

“不是，在车上坐卧铺时正好对面。他献了一路的殷勤，下车还帮我拎箱子。”孜枚低声说。

“你本事挺大的嘛。”我笑了，拦了一辆出租车，招呼孜枚坐上去。

“忘了徐文清说过什么了？勾引男人是我的特长啊。”

“你还记得她啊？”

“永远也不会忘。”孜枚的嘴唇上抹了银色的口红，在这样的早晨，她不化妆的脸孔看上去冷冰冰的，像个病人。

“你还不知道吧？”坐进车里后，孜枚说，“徐文清的丈夫死了。就是那个胖乎乎的、戴着眼镜的小个儿男人。听咱们班长说他上街买菜，一辆大卡车从他身边开过去，车上装的圆木没捆好，卡车转弯时甩出来一根，正好砸在他的太阳穴上，当时就把他砸死了。”

“这么巧？”

“可不是。徐文清现在是寡妇了，身份变得多时髦啊，我原本打算找机会当面向她表示祝贺的，可惜时间来不及了。今天上街时我们顺便去趟邮局吧，往我们的母校给我们敬爱的徐老师发一封贺电，再送给她一束鲜花。”

“算了吧，她对你再怎么不好，毕竟也是十多年前的事儿了。”

“不能就这么便宜了她。”孜枚笑微微地说。

不能就这么便宜了她。当年孜枚也是这么说的，为她妈妈赌着一口气。

那个下午我们空手而归后，孜枚自己又去那个女人的单位堵过她两次，都没遇上。有一天在街头倒碰上了，她和一个女同事在一起。

孜枚骂了一声“破鞋”就冲了过去，一巴掌扇到她脸上，还顺手扯住了她的一绺头发。那个女的起先被孜枚打懵了，但她很快就意识到是怎么回事儿了。两个人动起真格的来，孜枚根本不是人家的对手，她的嘴角被那个女人用头撞出了血，脸颊上还被打青了一块。那个女人的同事以拉架做借口，从后面抱住了孜枚，让那个女人趁机在孜枚的肚子上踢了好几脚。

孜枚打不过，就喊叫了起来，把那个女人和她爸爸的臭事当街抖落了个干净，床上床下的毫不避讳，惹来了一大堆人看热闹。那个女人不敢恋战，抡圆了手臂在孜枚的脸上狠狠地抽了两巴掌，然后和同事一起离开了。

孜枚捂着肚子，在地上蹲了半天才站起来。看热闹的人已经散得差不多了，孜枚看见一家五金商店门口站着一个留寸头的小伙子。衬衫白的像雪一样，下摆掖在洗得发白的水磨蓝色的牛仔裤里。他穿得一本正经，眯着眼睛看人的表情却有股吊儿朗当的劲头，一支烟叼在嘴上，来来回回地动着。

孜枚扶着停在路边的一辆自行车站了一会儿。那个小伙子笑嘻嘻地朝她走过来："你挺勇敢的啊，这么瘦还敢一个打两个。"

孜枚没说话。

那小伙子凑近到她的身边，低声和她商量："你给我做女朋友吧。我来替你打架，你想把她打成什么样儿我就把她打成什么样儿。"

孜枚没理他，转身慢吞吞地往前走。

他在后面不紧不慢地跟着，自我介绍说："我叫小于。"

孜枚捂着肚子，在一家饭店门口站住了。那家饭店的大门上镶着两块大玻璃，阳光反射到上面，像镜子一样亮。孜枚被自己的样子吓了一跳。

小于站在她的身后，两手插在裤兜里，表情很友善。

孜枚盯着镜子里的人，问道："你真能替我打她？"

"没问题。"

"打掉她的两颗门牙。"

"行。"

"打肿她的脸。"

"行。"

"打她个鼻口蹿血。"

"行。"

"把她的头发再拽下来一绺。"

"行。"

"打死她。"

小于盯着孜枚的脸。她是认真的，他也变得严肃起来："打死她我们也别想得好儿。"

"你干不干？不干就拉倒。"

"打个半死行不行？"小于问，"打两次，每次都打她个半死，合到一起也差不多算是打死她了。"

孜枚犹豫了一会儿，说："行。"

"你们不一起睡吗？"孜枚在我的两室一厅里四处看了看，她注意到每个房间里各有一张单人床。

"我们感情不好。"我开玩笑说，用电壶煮着咖啡。

咖啡的香气弥漫了整个房间，冻僵的身体慢慢地缓过劲儿来，又变得柔软了。"小于怎么样？他也在厦门吗？"

孜枚走过来坐在餐桌边："我们离婚好几年了。我这次主要是回来看儿子的。"

我盯着热咖啡上面白雾状的蒸汽："你们的感情不是一直很好吗？"

孜枚笑了笑，用勺子在咖啡里搅起一个漩涡。

"第一次见小于时，他站在我们家门前的一棵树下面，个子不高但很挺拔。烟头上的那一点红在夜色里特别醒目。"孜枚和我在房间里聊了一个多钟头，她没告诉我有人在外面等她。

孜枚从我家里出来后，小于把外衣脱下来搭在她肩上，冲我笑了笑。我没看清他的五官，但他的那个笑容令人难忘。

我对小于的最初印象和孜枚一样，看他不像街头混混，倒像个大学生，还有一股大学生身上缺少的洒脱劲儿。

我高考那年，小于带着孜枚出去旅游，回来后，孜枚发现自己怀孕了，她和父母翻了脸，搬到小于家里和他结了婚。

小于不再和原来的朋友交往了，找了一份临时工，很认真地做丈夫和爸爸。孜枚和我谈起自己婚后的生活，说她看着小于时，常产生奇怪的感觉，无法相信他以前是在警察的枪口下面混日子的。那几年他们过得很苦，小于三天两头儿换工作。孜枚在工厂里当化验员也挣不了几个钱，家里有老人需要照顾，又养着一个孩子。孜枚整天蓬头垢面的，顾不上收拾自己，拉扯孩子的形象像个农村妇女。

“后来就决定去厦门了，小于的姑姑在那边开了一家鞋厂，我们倒不想沾什么光，但好歹希望小于能有个稳定的工作，不用整天担心被老板炒鱿鱼。而且南方经济发展得快，赚钱可能容易些。”孜枚苦笑着说，“我们过去之后才发现不是那么回事儿，人一做起买卖来，就没什么亲戚不亲戚的，除了钱以外其他的事情都谈不上了。”

小于做了几个月就做不下去了，他要回东北去，但孜枚不肯。来厦门以前她已经和单位办完了停薪留职的手续，回去后她也和小于一样变成没有工作的人了。这几年来，她对家里困窘的生活越来越难以忍受，对往日的朋友因为她身上的变化发出的惊叹也早已厌倦透顶了。在厦门，没有人认识她，这是一个她想干什么都行的地方。

小于知道孜枚想干什么，结婚五年，他第一次动手打了她，出手很重。孜枚想起当初自己被另一个女人打的情景，想起当年那个穿白衬衫的小于，眼泪哗哗往下淌，她一边流泪一边笑。

小于打不下去了："离婚吧。"他带着孩子独自回东北了。

除了路费以外，小于把钱都留给孜枚了。孜枚用这些钱买了两套衣服，到酒吧里坐台去了。"那一段时间我总是想起徐文清，她真厉害啊，那么早就看出我是一个不正经的女人，注定要走到今天这一步。"孜枚苦笑着说，"小于也说过类似的话，他说我在骨子里和我爸是同一类人。"

"那种经历，是不是很难受？"喝完咖啡，我们坐在沙发上聊天，我很怕我的话题会伤害孜枚，但又抑制不住自己的好奇心。

"还可以吧。"孜枚笑了笑，"我是个生过儿子的女人了，和小女孩不一样。你想象不到吧？我在酒吧里面还挺受欢迎的。"

"你一向对男人很有吸引力。"我笑了。

"男人们也都这么说，有几个女孩子很不服气，老找我的麻烦。有一次喝酒，我借着酒劲儿骂她们。我说我们这样的女人就像是水泥地上的灰尘，都活到了别人用脚往下踩都踩不下去的份儿上了，还争个屁啊！"

"有没有遇上过好点儿的，能托付终身的？"

“机会还是有过的，但我放弃了。坐台那会儿有一次一个广东人包了我。我们俩在包房里唱歌，他随身带着一个大包，顺手扔在沙发后面。我们刚唱了一会儿，他接了一个电话，急急忙忙地要出去。临走时，他让我在包房等他，替他看着那个包。我以为他一会儿就回来，就答应了，结果一等等了七个多小时，中间好几次我都想甩手走人了，但又一想自己都答应过人家等了，这样一走了之多不好。一直到下半夜两点多了他才回来，他都没想到我还在等他。见面以后我气坏了，对他没什么好声气。我对他伸出手说，赶紧把小费给我，我要回家了。他把钱夹拿出来，让我自己从里面拿钱，随便拿多少。他的钱夹塞得满满的，至少有五千块钱。平时我陪客人唱歌收一百块钱，那天虽然没怎么唱歌但我等了那么久，我决定多拿点儿，就从里面抽了两百块钱，剩下的全还他了。他好半天没说话，从沙发后面拎出那个大包打开给我看，里面一沓沓的全是现金，把我吓了一跳。那个家伙说他走南闯北，没见过我这样的三陪，非要投资让我做生意不可，那时候我心灰意懒的，什么也不想做，就推掉了。”

“这样的机会不会经常遇上的，你怎么轻易地就放弃了？”我替孜枚惋惜。

“那个男人也这么说过。但我当时就像跳井似的，明知道有根绳子能拉自己上去，就是不去拉，想试试自己掉到井里以后是什么感觉。”孜枚笑了，她翻出一包烟来问我，“可不可以抽烟？”

我起身给她找了个烟缸放在手边。

“后来我遇上了一个政府官员，挺帅的。我第一次出台就是跟他。我们在五星级酒店里过夜，他很喜欢我，想和我保持长久的关系，对我提出了一些条件，比如不能再去酒吧那样的地方坐台，不能穿露肩膀的衣服，不能单独出去喝酒，要我把烟戒掉，平时看看书听听音乐之类的，弄得我挺烦。还有我们每次去酒店时，他不能和我同时出现，总是计算着时间，一遍遍地用手机联系，确定好了没有人看见我，我才能偷偷地进入他的房间。有一次他被人缠住了，我等了他一个半小时，那天我穿了一双新买的高跟鞋，腿肚子都站得快抽筋儿了。我在心里感慨，妈的，出卖自己还费这么大的劲儿。见面以后他看出来我不高兴了，跟我讲了半天大道理。我说算了吧，我配不上你，我们还是分手吧。他沉默了半天，问我，你想清楚了吗？不后悔？我说我想得很清楚，不后悔。他说那就分手吧。说完他拿出一些钱来给我。我说我不要钱。当时我心里挺不好受的。但他误会了，马上变得非常警惕，问我那你想要什么？我看他那么紧张，心想这又何必呢？我对他笑笑，从他手里拿过钱装到自己的包里。那以后我们再也没见过面，不过我经常在电视上看见他，他还是很帅，很精神。”

“他以后我又和几个人来往过，后来遇见了现在这个。他比我还小一岁呢，已经开了好几个厂子了，和台湾新加坡的商人做生意。我们认识没多久，他给我买了一套房子，包了我。二奶里面很少有我这样快三十岁的，大部分都是二十岁左右。我问他干吗包我呀？年轻漂亮的有的是。他开玩笑说姜是老的辣，后来又对我说他喜欢我做人的方式，话少，带我到任何的场合，我从来不胡乱插嘴。我说这是职业道德。这话让他笑得不行，其实我说的是实话。做我们这一行的，什么人没见过，什么事儿没经过？想过安生日子就得把嘴闭严实。”

“他待你好吗？”

“还行。除了我以外他可能还有人，不过这不关我的事儿。他爱来就来，不来我就和另外几个邻居打打麻将，逛逛商场。如果出去吃饭他会提前几个小时打电话通知我。我洗洗澡做做头发，把自己打扮好。他方便就开车来载我，不方便我就自己打车去酒店。他的朋友们也都对我不错，有时把给他的东西直接塞到我手里。这时候，我就得看他的表情了。如果他点头，我就拿着；他摇头，我就说什么也不拿。半年前他给我找了份工作，让我在一家厂子里当出纳，活儿挺简单的，管管钱而已。我这人马虎惯了。有一次把付钱时，四百多看了一个零当成四千付给人了。好在那人是老客户，把钱又还回来了。这事儿让他知道了，跟我发了一通脾气，说我除了在床上还有点儿本事外，什么也干不好。”

孜枚的烟灰忘了弹掉，很长的一截，撑在白色过滤嘴的上面。

我看了看表，问孜枚：“中午你想吃什么？我来请客。”

“吃朝鲜冷面吧，”孜枚说，“在厦门吃不到正宗的朝鲜冷面。”

我带孜枚去一家炭火烤肉店，叫了烤排骨、烤牛肉、烤鱿鱼、水果色拉，外加两碗三十八块钱一碗的冷面。

“光说我了，你呢？过得怎么样？”孜枚忽然问我。

“马马虎虎吧。杂志社里人不多，关系倒很复杂，不过也正常，天底下的单位都是一样的。我这人你也知道，不会说领导爱听的话，不招人待见是肯定的。不开心的时候我也想过回家做自由撰稿人算了。可是，在家写东西的日子也不好过，很寂寞，何况也不见得能写出什么成就来，就这么混日子吧。”

“他呢？对你怎么样？”

“他一个月有二十天是在外面过的，跑东跑西的，整天与美女打交道，没准儿在外面也养着人呢。”

孜枚抬眼看我。

“如果是你这样的，我会和她和睦相处。”我笑着说。

孜枚白了我一眼：“你少来这套。”她埋下头去吃东西，好半天没说话。

我有点儿不安：“怎么了？你不高兴了？”

孜枚抬起头，眼睛有点儿红了：“其实，你用不着这样来安慰我。”

“我没有，真的。”

好一阵子都没说话，炭火正旺，我们往烤盘上放东西，响起一阵滋啦滋啦的声音。

“小于开了一家烤羊肉串儿的店，挺赚钱的。这些年来我寄给他的钱，他一分也没用，一笔一笔全存在存折上了。”

“孩子呢？”

“快要上小学了，长得很像我。”孜枚沉默了一会儿，笑笑说，“他很讨厌我，就像当初我讨厌我爸爸一样。”

“小孩子都是这样，你长年不在身边，难免会生分些。小于呢？又结婚了吗？”

“没有。这次我们见面，他对我说，如果我愿意留下，他可以当以往的一切没发生过。我说这怎么可能呢？发生过就是发生过。现在你嘴上这么说，到我们真睡在一张床上时，就不是那么回事儿了。”

“你又何必说得这么露骨呢？”

“我说的是真心话。小于是个很爱干净的人。”

我没说话。

“这次回去的时候，我一直住在宾馆里。有两次我留小于过夜，他都不肯。厦门的那个，说我只在床上有本事，可如果别人连床都不和我上的话，我岂不是英雄无用武之地了——”

“孜枚，”我低下头，眼睛盯着面前的盘子，“别说这种话。”

我和孜枚从饭店里出来时，天色开始变暗了。出来时我们已经把箱子提包带在身边了，预备着吃过饭后直接打车去机场。

“才四点多钟，”孜枚看了一眼手表，说，“厦门这时候还亮着呢，也没这么冷，穿一件毛衣就够了。”

在街边等车时，看见有人抱着一个花篮，从对面的一家鲜花店里出来，他抢了我们叫的出租车。

“鲜花在这样的天气里，娇贵得让人心疼。”孜枚望着对面的男人，“南方就便宜得多了。”

我拦了另一辆车去机场。

到机场后，孜枚办了保险，拿了登机牌。我们一起来到候机室外，在落地窗前站了一会儿。夜幕如一件黑色大氅，正铺展开，缓缓地朝着我们这边覆盖过来。

“要不你留下吧，我帮你找一份工作先安顿下来，以后再作别的打算。”

“算了吧，”孜枚笑着摇头，“我已经不习惯东北的冷天了。厦门的生活挺好的，满街都是不认识的人，漂亮也好，难看也好，哭也好，笑也好，都是你自己的事情，和别人没关系。有时候我在大街上，好像连自己都不认识自己了。然后我就会想起你，想看看你现在的模样儿。看到你，我就能想起自己——”孜枚突然转过身来抱住了我，湿湿的脸颊紧贴着我的脸颊，对着我的耳朵轻声说道，“好好活着。”

然后她松开手，拎起东西走了。

我看着孜枚，她没回头，一次也没有。她办完手续往候机室里走时，我大声冲着她的背影喊道：“孜枚，你也，好好活着。”

# 当青遇到蓝

欧式大铁门占了门脸的三分之二，装饰图案是纵横交错的花叶枝条，冷眼看密不透风，细品又疏可跑马。店牌鞋盒大小，四周有小花叶装饰，方正立于门楣之上，上面两个字是铸出来的——“午后”。

进了门，经过一个大玄关似的过厅，苏蓉看见康默。他坐在最里面、靠窗的位置，秋千椅是藤编的，从天花板上吊下来，他坐在上面既闲适，又有那么点儿怪异。窗台宽大，通常用来养金鱼的玻璃罐里面养着绿萝，营养液里面根系分明，枝条柔软、叶片翠绿，从罐口蔓出去，沿着窗棂布好的细绳蜿蜿蜒蜒地向上攀爬。

苏蓉向康默自我介绍，李阿雅临时有事，由她来给他做访谈。

“我是实习生，没什么经验。”

“白纸好啊，”康默笑笑，“可以画最新最美的图画。”

康默是电视台节目主持人，周六周日晚上十五分钟的“读书时间”以及每周一次的谈话节目“捕风捉影”——话题多为时尚热点和某些锐话题——收视率很高，他的主持风格优雅、知性、幽默。

苏蓉从双肩包里掏出本子、笔摆在桌面上，寻常的动作因了康默的审视变得有表演性了。她拿出李阿雅交给她的那张纸看了一眼，清了清嗓子，问：“这次您是媒体界唯一入选‘十杰’的，能谈谈入选感想吗？”

“受宠若惊。”

“对您未来的生活会有什么影响吗？”

康默耸了下肩膀：“拭目以待。”

“您怎么看待这个荣誉？”

“我所以伟大，”康默笑了起来，“是因为我站在巨人的肩膀上。”

苏蓉脸红了。她搞不清楚怎么做更好，把本子合上转身就走，还是把他的话实录下来发在报纸上？要是能把他讲话时的神情也描写一下就更好了。她的目光瞥向烟灰缸，发现里面有几支细细的抽了一半的烟蒂，过滤嘴的地方有口红印迹。

康默好像也意识到自己有些过分了，收敛了笑容，问她：“你是哪个学校的？”

“师大。”

“什么专业？”

“新闻。”

苏蓉想起上大学的第一天，新同学见面会开得热情洋溢，大家的发言慷慨激昂，“无冕之王”频频出现，好像讲台上面堂而皇之就摆着个王冠。

“我们是校友。”康默说，“我是中文系的。”

苏蓉知道他们是校友，也知道他学中文。来之前她上网查过他的资料。

“学中文怎么会当主持人的？”

“我们刚上大学时，流行了一阵子舞台剧。我演过哈姆雷特、周萍，也演过屈原，电视台还录播过。后来他们想办个大学生类的娱乐栏目，就把我要过去了，挺没劲的，是吧？”

“有本事的人，”苏蓉说，“都这么低调。”

康默放声大笑时，某些封闭的东西也随着笑声奔涌出来。像点亮的灯笼，打开的酒窖，或者乌云滑过后喷射出来的阳光。他笑得那么厉害，连他坐着的秋千椅都荡漾起来了。

苏蓉也笑了。

“你们现在流行什么？”康默问，“DV、网恋、暴走，反正这一路东西吧，对不对？”

“你说的这些都存在，但因人而异。”

苏蓉就很少涉及这些时髦的东西。上大学的头半年，她过得相当辛苦。课本上的东西她倒不怕，让她困扰的是使用自动感应水龙头、在肯德基闭着眼睛流利地点餐、学会辨别看着很体面其实是地摊货、而一件破烂儿似的T恤衫却价值过千之类的问题。她还得知道切·格瓦拉的头像、甲壳虫乐队的经典曲目、好莱坞走红影星们的名字、动画片里面的标志性形象、国际一线化妆品品牌以及最流行的文化杂志和网站名称……更别提国内外明星们的逸事和绯闻了。

同宿舍的女孩子都来自大城市，有一个去欧洲旅游过，另外一个东南亚国家差不多走遍了。她们夏天穿大头皮鞋配牛仔短裤脖子上绕一条好几米长的围巾，数九寒天羽绒服里面只一件无袖T恤。她们对在校园里手拉手的情侣做鬼脸，对在宿舍里面过夜的情人却又视而不见。

她们对苏蓉挺好的，但这个好里面，同时还有一只手，在往外推她。苏蓉说不出具体例子，但感觉很强烈。她觉得自己受的伤害都是化骨绵掌，严重却又不露痕迹。

大三下半学期开始，她到报社实习：先是跟屁虫似的跟着别人东跑西颠儿，没钱拿还得倒贴车费通讯费。半年后开始跑边角新闻。新闻版主任觉得她文笔好，人也不错，有心栽培。她现在有基本工资拿，有各种补贴，还有点儿稿费，她很知足。

他们闲聊了一下午，临分手时，康默给了苏蓉一张软盘，让她利用上面的资料随便拼一篇稿子，有问题她可以打电话给他。当然了，纯粹的聊天他也欢迎。

“他帅吗？”

“你又不是没见过。”

“你见的是活的啊。”

“你见的也不是死的——”苏蓉一笑，让汤呛着了，刘强替她拍了拍后背，她喘了口气，“明星嘛，肯定长得不赖了，眼睛特别亮。”

“你们聊什么呢？”

“他问我怎么看在身体上打洞的事情，还问学校里穿鼻孔耳洞脐环的人占多少比例，通常去哪些地方打？还有纹身的事情，他可能是想做这方面的话题吧。”

“午后”咖啡馆才五月份就开了冷气。柞木桌面有三本辞典摞起来那么厚。桌面凉得镇手，玻璃杯晶莹剔透。康默替她叫的“卡布基诺”也是冰的。苏蓉从咖啡馆出来，皮肤上面一层鸡皮疙瘩。坐在公共汽车上人还是皱缩的。直到回到这间租屋，进门闻到从骨头缝里炖出来的香气，醇厚、浓郁、毛毛雨似的荡漾在房间里面，她的毛孔才醒转了来。

苏蓉和刘强是高中同学，苏蓉是尖子生，刘强是中等生。高考结束那天，他送她一个小盒子。她回家后打开看，盒子里面是颗玻璃心，玻璃心中间有缝，插着个锡纸做的箭。锡纸箭带着淡淡的烟味儿，苏蓉费了不少时间才把箭拆开，抚平，背面有首诗：

“上邪！我欲与君相知，长命无绝衰。山无陵，江水为竭，冬雷阵阵，夏雨雪，天地合，乃敢与君绝！”

和刘强的爱情比起来，那个字条更让苏蓉吃惊，字迹细如蛛丝，小如蚂蚁，真不知道他是怎么写上去的。她想把这个纸条再折成那个箭，但无论如何做不到。最后她把它团成一团，扔进装幸运星的小玻璃罐子里。

他们一起来到这个新城市。这个新城市让刘强很兴奋，简直就是一个硕大无比的玩具。几天的功夫，三十多条常用公交线就像长在他手心里面似的，书店、电脑城、手机城、电影院他如数家珍，连菜市场、夜市他也门儿清。他带着苏蓉四处闲逛，在公园骑双人自行车，吃味道和价钱都说得过去的小吃。

为了见苏蓉方便，刘强在师大附近租了间房，周一到周五他在他们学校附近的网吧当网管。周六周日跟苏蓉一起。她看书，他上网研究菜谱。三年多的时间，刘强从饭来张口变成美食专家。苏蓉请同宿舍里的女生到刘强这里聚餐。她们说，刘强调的麻辣汤比重庆秦妈火锅连锁店里的汤还地道呢。他的东坡肉、松鼠桂鱼，让女生们吃上了瘾。大学最后这一年，她们又要写论文又要找工作，肾虚肝火旺。刘强买了个瓦罐回来，茶树菇炖排骨、花生煲猪脚、黄芪党参炖土鸡，厨房里每日香气袅袅。苏蓉不时对着镜子惊叫，“天啊，又胖了一圈儿！”

“见到了偶像，”刘强把正嚼的一根黄瓜举到苏蓉的嘴边，“什么感觉？”

“你有完没完？无不无聊？！”苏蓉瞪刘强一眼，筷子往桌上一拍，起身走了。

“跟你闹着玩呢。你怎么那么没幽默感啊？”刘强过来哄她，“把饭吃完啊。”

苏蓉不理他，径自上网看新闻。刘强把她剩的饭两口吃完，把碗碟都收到厨房里。

苏蓉把康默给她的软盘输进电脑里，里面都是以前他接受报纸、杂志采访时的报道和印象记，还有几张他的照片。有一张是他在一个寺院门口照的，姿态闲闲，就像那句唱词：“我本是卧龙岗上，散淡的人——”

苏蓉给康默打了个电话，她的报道写好了，发表之前，问他想看看吗。

他说好啊，说他在碧湖公园，让她现在就打车过去。

到了那儿苏蓉才知道康默在拍MV，她不知道他还唱歌。她把稿子给他，他随手掖进包里，牵手把她带到一个中年女人面前，问：“她怎么样？”

中年女人用目光从上到下把苏蓉梳了一遍：“试试吧。”

苏蓉被送到化妆师那儿，化妆盒很大，粉残胭脂旧，面刷的刷毛颜色暧昧，睫毛膏黏腻打结，化妆师噼噼啪啪地在苏蓉的脸上忙活了一阵。中年女人站在化妆师旁边给苏蓉说戏，说她演的是一个暗恋康默的女生，教她如何用眼睛和身体语言表达爱情。

整个下午苏蓉在导演的指导下跑来跑去，用深情的目光追逐着康默的身影，导演要她做出惆怅的样子，可她不确定如何才算“惆怅”。一个“惆怅”折腾了四十分钟才算通过。康默也比她好不到哪儿去，他一遍遍地唱同一段歌，每次都要做出新鲜、喜悦、深情的表情。

拍完已经是傍晚了。康默想请她吃饭，又有个必须要去的聚会，苏蓉看他那么有诚意，又那么为难，就跟他去参加聚会了。

那些人里面苏蓉只认识卜婵娟。她跟康默是同一个电视台的，也是文艺频道的主持人。她代言的地板广告印在好几条线公交车的车身上。

苏蓉脸上带着厚厚的妆，拍了一下午，加上出汗，毛孔都塞住了。跟大家问过好她跑去洗手间洗脸，听见两个女人说看见康默也在这里吃饭，说他："比金城武还帅。"

苏蓉用香皂洗干净脸，找不到合适的东西擦，甩着水珠儿往回走，在包房门口她听见有人调侃康默："80后都带出来了？真好意思啊你！"

"嘴下留德啊，"康默说，"我们可不是你们想的那样儿。"

"我们想的哪样儿——"

苏蓉进了包房，话题戛然而止。

她坐到康默身边的空位置上。大家开始讨论刚刚倒进杯里的冰红，卜婵娟话少，吃得也不多。不过那顿饭局下来，她一个人喝了将近两瓶红酒。散局时，她面色酡红，眼波流转，对着康默妩媚一笑。

"你送我回家。"

康默连声道歉，说答应了送苏蓉的，他们还有个采访呢。没等苏蓉推托，已经有人自告奋勇当护花使者。

康城带着苏蓉离开，在一个路口等灯时，他指着远处的高楼给她看："我就住那儿。"

"像个竖起来的珠宝盒子。"苏蓉说。

康默笑了："去坐会儿吧。"

康默的房子是个二百多平米的复式，连接上下两层房间的是一段S形的扶梯。锻铁栏杆让苏蓉想起"午后"。房间颜色以蓝灰为主，器皿多是玻璃和不锈钢的，坐在客厅望着外面的灯火，仿佛置身于一个幽深的湖里。

康默给苏蓉倒了杯柠檬水，飞快地把她的稿子看完。

“你写得我都不找不着北了。”康默说，“你真是天生的记者。”

“我要早知道记者是怎么回事儿，”苏蓉说，“才不做这行呢。”

不光她，实习过的同学大多都后悔学了新闻专业，一致认为“无冕之王”是世间最无耻的谎言之一。同寝室有个女生是娱乐版实习记者。她说记者追逐明星无异于群狗从一根骨头上啃肉星儿。保镖的铜胳铁膊，杵一下半天倒不过气儿来，搞不好腿还会被踹上一脚。即使是明星接受采访，让你在酒店套房或者餐馆外面等几个小时也是常有的事儿。有一次她倒是被大明星请进了房间，可人家一开口就是：“不介意的话先帮我按摩下腿，好吗？”

过了一周，康默的MV播出了。苏蓉暗恋康默的样子被拍得有些傻气，某些表情还鬼鬼祟祟的，但她穿着白T恤衫，新旧恰到好处的水磨蓝牛仔裤、黄色鞋带的帆布鞋，在光影斑驳的林间小路上奔跑的一系列镜头却拍得非常漂亮。她像个小马驹，奔向美好的新生活。康默有几个特写镜头也拍得挺好。他笑容灿烂，像给牙膏做广告似的。

刘强看这个MV时，就像被一盆看不见的水当头泼过。他身上的

T恤衫是二十块钱在早市上买的，洗过后垮垮的，但现在好像全靠这件抹布似的衣服撑着，他才没跌倒。

拍MV的事情苏蓉早就告诉他了，去康默家聊天的事情也说了。刘强不相信他们独处了那么长时间，只是聊聊天。

“现在连天方夜谭都不这么编了。”

苏蓉跟他吵了几句。

“你急什么急啊？！”刘强又说，“有理不在声高！”

苏蓉也自我安慰，是啊，清者自清，急什么急？但话说回来，女孩子随随便便接受男人的邀请去家里，即使是聊天，也够暧昧的。

刘强跟钟摆似的，来来回回在苏蓉面前走，叽哩呱啦吵了半天，最后把门一摔，自己去厨房生闷气去了。黎明时分，苏蓉都迷迷糊糊睡着了，刘强上床从后面紧紧抱住了她。他凉得像冰块儿，跟她道歉：“你心里坦荡才会对我实话实说，其实你完全可以骗我的。我真蠢！”

苏蓉的泪水涌了出来，一只眼睛里的泪水还滑落到了另一只眼睛里面，“比驴还蠢！”她在刘强胳膊上掐了一把。

康默的MV是公益广告，翻来覆去地播，连公交车上面的电视都播。刘强没再跟苏蓉发脾气。他的脾气变成了一个拳击手，每天跟他的理智较量点数。苏蓉好几次想跟他说：“你还是发发脾气吧。”

“词曲写得像棉花糖似的，太粘牙了。”刘强跟苏蓉分手的时候，评论了一下那个MV，“但康默唱得挺好的。”

苏蓉没哭，但全身发麻，微微地冒着冷汗。她第一次凌晨被电话叫醒，赶往一个交通事故现场时也是这种感觉。出租车在铁门和重型卡车中间，像被捏瘪的易拉罐。苏蓉不想往出租车里面看，但她必须得看，还得把这个情景用文字重现出来。肇事的卡车司机脸色惨白，扎撒着两手，从表情上无法确定他是醒着，还是仍旧在梦里。

康默有个很大的开放式厨房、从小到大七个“双立人”平底锅像艺术品挂在墙上。刀、铲等其他厨房用具庄重、优雅、冷漠，还有好几套瓷盘，其中一套白底青花的拆了包装摆在橱柜里面。平时他们喝茶、喝咖啡用的杯子是从“宜家”买的，好用，坏了也不心疼。

台桌很大，椅子很舒服。

苏蓉做过一顿饭，那会儿她跟报社请假，在家里打毕业论文，接连吃了几天麦片、面包和牛奶咖啡。她的胃疯狂地怀念以往的姹紫嫣红、热火朝天。她去楼下超市买了牛肉、各种辅料以及调味品，花了好几个小时，把一锅牛肉块炖成了黑焦焦的炭块。

为了把附着在锅壁上面的黑斑蹭掉，她的手都快磨破了。她又去买了能让钢锅恢复光泽的洗涤剂，德国产的，一小瓶要一百多块钱，折腾了一下午，最后总算把锅恢复成了原样儿。

“什么味儿啊？”康默一进门就问。

苏蓉蜷在沙发里面，泪流满面。

他们找了一家杭帮菜馆，点了黄焖牛肉。等菜的时候，康默像对待小狗似的，手插进她的头发里，揉了揉她的头顶。

牛肉做得酥烂、软香，但色香味离刘强的手艺差了老大一截儿，苏蓉记忆中的牛肉块从锅里捞上来时，是一碗香气四溢、闪闪发光的金子。

相对食物，康默更在乎饮料。茶、咖啡还有红酒，在他家里都各自有存放的地方，冰箱里的果汁和牛奶总是不等喝完就已经被新货取代。

他们手里总是有个杯子，无论在楼上卧室或者楼下客厅，聊天或者打电脑。他们还经常坐在厨房台桌边儿上喝东西，谈话内容大多跟书有关，经典名著、当下流行、轻松有趣，或者短小精悍。康默承认，他在“读书时间”里推荐的书有很多是书店希望他推荐的，还是“有偿”。每周都有一大包书被快递到他家里来，零零散散寄给他的也不少。有一些书他让苏蓉读，读完后把大意讲给他听，在书页上把精彩段落标注出来。如果能上网查查和这本书有关的逸闻趣事就更好了。

虽然书是苏蓉读的，但康默在节目中的发挥精彩极了，旁征博引，风趣幽默，又总能切中要害。在“捕风捉影”的节目上，有个女嘉宾是人造美女，她直言她就是为了得到像康默这样的男人，才去整容的。

有天晚上，苏蓉洗了澡出来。康默穿着白色棉布家居长裤，白色

T恤衫坐在一盏灯下面读书。他的身影映在身后的落地窗上。苏蓉看见了两个康默，一个真实，一个虚幻。

过了好一会儿，康默才发现苏蓉在注视着他。

"你也知道自己很帅很帅，对不对？"

康默笑了，把她拉到他的膝盖上坐下，在她鼻子上点了点："你知不知道你傻乎乎的？"

"你才傻呢。"

苏蓉心里明白，她是傻乎乎的。他喜欢她的傻乎乎。他跟她承认，他以前谈过几次恋爱。她跟着他出去，也见识了几个女人。她们都跟卜婵娟不乏相似之处，个个都是白骨精，瘦得皮包骨头，靓丽得让人喘不过气来。她们跟康默都很亲近，苏蓉猜不出哪个是他的前女友。也许全部都是吧。

康默的书房挂着一副油画，上面画着一个女孩子，鼻子尖尖，睫毛长长，眼睛水汪汪的，既写实又抽象。苏蓉总是想起这个女孩子，就像刚掉了颗牙，舌尖会忍不住去舔牙床上的空洞一样。

苏蓉采访时，认识了一个中年房地产商。第一次见面就夸苏蓉长得好，有旺夫相儿。专访见报以后，他请苏蓉吃饭，婉转而又明确地表达了他的想法儿，

"我现在知道自己身价了。"苏蓉对康默说，"市中心地段一套七八十平米、精装修的房子，加上家具家电，市值七十万左右。"

如果是刘强，这些话会把他变成扔进油锅里的油条，但康默只是

笑笑。他的不以为然很像苏蓉同寝室的那些女生，在她的着装、语言模式变得跟她们一致，并且青出于蓝。某些细节闪亮发光时，她们就像康默那样笑。

康默有个大学同学新近当了爸爸，摆百日筵时，他带着苏蓉一起去祝贺。苏蓉没想到会有那么多人，简直就是个大派对。卜婵娟也来了，拿着高脚杯，跟苏蓉拥抱了一下，然后就被几个男人拿俏皮话给围住了。

康默也被人拉走了，除了卜婵娟，还有几个女人相貌或者气质，很引人注目。

苏蓉不认识谁，去逗小女婴玩儿，她生下来时六斤六两，小名儿叫六六。女主人忙着招呼客人，把六六差不多全扔给苏蓉了。苏蓉给她换了两次尿布，喂了一次奶。她的目光偶然碰上了康默，他站在几个同学之间，看着她笑。

抱六六太久，苏蓉觉得自己身上有股奶酸味儿，一回家就跑去楼上冲淋浴。她洗澡的时候，康默进来了，坐在狮爪浴缸边上："我们也生个孩子怎么样？"

"不结婚就生孩子，你想让我妈打死我啊。"

"那就先结婚。"

苏蓉擦了一把脸上的水珠，看着康默。

他没开玩笑。

“干吗跟我结婚？”

康默笑了，“为什么不能跟你结？”

他说完就走了。

花洒里的水慢慢地降温，苏蓉仍旧一动不动地站在水底下，她的身体处于一种奇特的状态，就像酒心巧克力。

康默想跟她结婚，还想跟她生孩子。他喜欢她。苏蓉对着镜子打量自己，她并不比他身边的其他女人漂亮，她也不比她们丑。她目光清澈，有一些未脱的稚气，固定的、永久性的表情还要过几年才会在她脸上落足。可能就因为这个，虽然她谈过一次恋爱，康默仍然觉得她单纯天真吧。

可她没他想象得那么单纯天真。她留意到他虽然求婚，却没说他爱她，哪怕只是象征性、表演性地说一句。可能他以为她会被喜悦冲昏头脑，压根儿不会注意这些细节，但她注意了，而且介意。

她知道爱是什么。她跟刘强第一次接吻时，他全身颤抖，牙齿咔咔嗒嗒地打冷战；他在电影院昏暗的光线里面打量她，好像她原本是银幕里面的人，某种特殊而又神奇的力量把她送到他的身边；他还曾经用力地抱紧她，恨不能把自己擀成个面皮儿，把她像馅儿那样包裹起来。“我从来没想过身体会这么好！”他在耳边一遍遍地低语，“这么好！这么好！好得不能再好了！”

她去找过刘强。他现在在一家建筑设计公司当制图员，那家写字楼的一楼是咖啡厅。苏蓉把普洱茶从酽红喝到淡褐色，终于在电梯那儿看见了刘强。他瘦了，显得更高，头发短短的，黑色弹力短袖T恤衫配黑色牛仔裤，冷眼一看有点儿像黑客帝国里的里维斯。他夹杂在几个同事中间，离开了。

苏蓉在他们离开后，上楼去他们公司，她说她是刘强的同学。他们说他刚走，要不要打电话给他？

苏蓉说："我自己打给他好了。"

她看见刘强正在画的图纸，吃惊不小。他的笔触比发丝还细，在一张纸上用三维空间微缩了一栋建筑物所有的细节。苏蓉想起他当年给她的那只锡纸箭，以及他的厨艺，想哭。刘强是三千尺桃花潭水，也是润物细无声。

苏蓉在卧室里检查了一下自己的东西，她的东西大部分都放在她搬来时的两个大箱子里面。康默跟她说过她可以把衣服挂进衣橱里，她庆幸自己没挂。而其他东西在这个家里，根本没有拿出来的必要。

她下楼找康默，他在打电话，笑得很开心。苏蓉知道自己会记住这个家点点滴滴的一切，就仿佛刘强画的效果图似的——螺旋楼梯，凸形落地窗，坐起来非常舒服的那组白色沙发——康默也用玻璃罐子装营养液养绿萝，拳头大小，小小一棵绿萝，点缀在茶几上面——以及那组音符般钉在墙上的"双立人"和美学价值远超过实用价值的青花瓷器；还有书房里的那些书，一直在淘汰，但数量仍像杂草一样在飞快地生长。

还有那副画。从苏蓉第一眼看到，画中的女人就整夜整夜地徘徊在她的梦里。

康默的电话打完了，也来到书房。

“她是谁啊？”苏蓉问。

康默走到她身后，也往墙上看。

“谁知道。”他说。

# 莲步轻移

天亮前，家祥醒过来。他觉得自己的头像瓦罐，裂成了好几块，从床上下来时，他能听见脑浆流动的声音。

“二十岁！”凌晨的时候他和强哥在酒吧露台上喝酒，黑黢黢的鸣沙山变成座糖山，融化在夜色里面。

“二十岁的时候我换过好几个女朋友啦。”强哥说。

室友们的呼吸声清晰可闻，污浊、沉闷的空气像一床浮荡的棉絮，与青灰色的光线编织、纠结在一起，八张床排得很近，每人一个蚊帐。随着每天时间不同，蚊帐有时候像倒置的漏斗，有时候变成舞台追光。做噩梦的时候，它又像无影鬼手的袖子——从房顶直抓下来。

家祥半闭着眼睛去厕所，在洗漱间门口撞上了一个无脸鬼，整个人冰在原地，人一下子清醒了。

那鬼把黑瀑似的头发拢起来，一撩，他才发现是王葵。

“吓了我一跳——”王葵惊魂初定，嗔怪他。

王葵穿着小吊带衫，一手把头发拢在脑顶，一手拎着盆，在模糊的晨光中露出白水水的腰身。

家祥的手摸到她腰上，她肌肤冰凉，玉一样柔滑。他整个人欺身过去，想把王葵压在墙边。

“干什么你——”王葵腰一扭，躲开了他，发梢处甩出一串水珠，落到家祥脸上身上。

“今天是我生日。”家祥看着她朝女生宿舍方向逃走，无奈地叹了口气。

“关我什么事？！”王葵伸手推门，转过脸来，冲家祥一笑，“生日快乐。”

家祥上完了厕所，没回房间，顺着走廊走到院子里面。夜幕像件淡灰色的丝绸纱巾缓缓地、缓缓地被扯脱下来。古堡似的酒店、酒店的庭院、庭院里的树、树下面的长椅、长椅下面的鹅卵石地面，以及院子外面的公路、远处绵延起伏的鸣沙山，凉沁沁、新崭崭地裸露在家祥的眼前。

家祥再醒过来的时候，房间里只剩下他一个人了。他把蚊帐系好，掖到床栏后面，被子叠方正，床单四角拉直抻平。新牛仔裤是他送自己的礼物，紧巴巴的，家祥觉得屁股像被两只手牢牢地握住了。他希望能早点儿把这条裤子穿松，强哥的那条牛仔裤就既合身又松松垮垮的，颜色暧昧。强哥说那条裤子从他两年前穿上身那天起从来没洗过。

早餐正在被撤掉，家祥往餐厅里进的时候，王葵和另外一个女服务员在收拾剩下的饮料、西点还有果盘。他刚想过去跟王葵说话，听见有人在身后叫：“哎哎——”

昨天在酒吧里面泡到半夜的新婚夫妇坐在靠窗的位置上，面前摆着喝空的酸奶瓶子，新郎冲着家祥招手：“你过来一下。”

家祥走过去。在上午的阳光中，新郎新娘虽然仍旧穿着色彩鲜艳的情侣装，但不像昨天夜里那么漂亮抢眼了，新娘的皮肤有些黑，还有些小红痘痘，妆化得太浓，人看上去假假的。

“我们起来晚了，没赶上观光的大巴。”新郎说。

“我非投诉旅游公司不可，”新娘恨恨地说，“飞机还得等拿了登机牌的乘客呢。”

昨天夜里他们说起今天要去雅丹魔鬼城，途经玉门关。新郎摇头晃脑地吟咏：“羌笛何须怨杨柳，春风不度玉门关。”

两人还梦想着，能在玉门关拣到块玉什么的。

“在地下埋了一两千年，”新郎说，“刚好在我们经过的时候，被一股风吹出了地面。”

“没错儿没错儿，”新娘咯咯笑，“千年等一回，有缘千里来相会。”

“找玉？！”强哥用鼻子哼一声，“找屎差不多。”

“除了雅丹魔鬼城，”新郎安抚了一下新娘，问家祥，“现在这个时间，我们还能上哪儿去玩儿？”

家祥想了下：“可以去鸣沙山看月牙泉。”

“那是我们明天的旅游项目。”新娘说。

“别的地方呢？”新郎问，“没写到旅游手册上，又好看又好玩儿的地方，有吗？”

“我不是本地人，”家祥说，“我不知道。”

“都是你，”新娘打了新郎一巴掌，“我说去丽江你非来敦煌——"

"说喜欢飞天欢喜佛的不也是你嘛——"

"有个韩国艺术家，"家祥说，"她也住在咱们酒店。她今天在鸣沙山月牙泉那儿搞行为艺术。"

郑真永来了一个星期了，每天晚上都来酒吧喝酒，跟家祥和强哥混得像老朋友。她烟抽得很凶，数码相机很高级，镜头一圈套一圈，能拉出老长，像个新型武器或者玩具什么的。她要么抽烟，要么"咔嚓""咔嚓"按着快门。有时候，她同时做这两件事。

她去雅丹魔鬼城那天，清早出发，傍晚才回来。走的时候皮肤还像牛奶一样白，回来就变成了咖啡色了。她的身体里吸饱了阳光，从里往外散发着热量。她给家祥看相机里的照片，一张接一张，像放小电影。

那些石头很动人，各种各样的形状——像金字塔的，像狮身人面像的，像布达拉宫的，像教堂的，像茅屋的，还有几十个连成一片，组成一个石化的"小镇"。有一只"孔雀"，更是形神兼备。

"在那里还是一片大水的时候，这只'孔雀'在水下，水草在它身上像绸带一样飘舞，各种各样的贝壳类生物寄生在它的翅膀上面，五颜六色的游鱼从它身边来来去去……"这位韩国女郎读大学时在中国待了五年，汉语说得比中国人还好，"你能想象吗？"

郑真永眼睛细长，单眼皮，长得像孔雀。她的身体从吧台上面朝他倾斜着，家祥可以从她T恤衫的领口处瞥见她的乳沟。

“确实是——”家祥口干舌燥地说，“很美！”

强哥在吧台那边喝啤酒打量着他们，听见家祥的话，他笑出了声。

“你们在敦煌多幸福，莫高窟啊，魔鬼城啊！”郑真永感慨，举起相机对着家祥“噼啪”“噼啪”拍了一阵子，“我们走了就不容易再来了。”

她低头看了看相机里面，示意家祥过去看。

家祥不敢相信那是他自己。

“靓仔哦！”连强哥看了都夸。

“她看上你喽。”郑真永离开酒吧的时候，强哥打量着她的背影，对家祥说，“小白脸就是讨女人喜欢。”

“哪有。”家祥笑笑。

“不过这种女人瘦巴巴的，没什么啃头儿。”强哥从冰箱里拎两瓶啤酒出来，把两瓶啤酒对到一起，一拧一扳，瓶盖就启开了，“玩艺术？早晚让艺术玩死。”

“还是王葵好，”强哥把一瓶酒递给家祥，“这里那里鼓鼓的，像装得满满的荷包，随便你掏！”

强哥这样说王葵，让家祥有点恼火，不过跟老板他也是想怎么说话就怎么说话。

强哥是老板从香港带来的调酒师，他来敦煌这个“闷死人”的地方，是讲义气，给老板“撑场面”的。再说了，难得强哥看家祥顺眼，把他从厨房调到酒吧里来，还教他调酒。

家祥跟新婚夫妇说完话，回头再找王葵，她已经走了。家祥看了眼墙上的钟，他不想像往常一样去员工食堂吃饭，几十个人围着几张长桌子密密麻麻地坐着，强哥说活像监狱里的囚犯。

吃的东西也单调，无外乎米饭馒头，土豆白菜。

家祥正犹豫着要不要打电话给王葵，王葵上楼找他来了：“经理叫你。”

“干吗？”

“我哪儿知道？”

他们顺着楼梯下楼，家祥紧走两步，蹭到王葵身边，试图牵她的手：“早晨见到你之后，我睡回笼觉时梦见你了——”

从楼梯上上来几个人，扛着行李，嘻嘻哈哈说话，脚步轰隆隆响，他们像一股上流的河水，把家祥和王葵分开。一直到走到大堂，家祥再也没找到给王葵讲梦的机会。

大堂里面挤着更多的人，天南海北的口音。有人在说笑打闹，有人手里拿着一大把房卡，边叫名字边往下分。

“哪儿来这么多人？”家祥问。

“都是大学生，”王葵停下脚步，说，“好像有个重走‘丝绸之路’的活动。”

“什么‘丝绸之路’，不就是戈壁滩从中间豁条路嘛。”家祥顺口说道。

强哥整天发牢骚，他都背下来了。

“吃饱了撑的。”

王葵斜睨了他一眼：“你跟老板说去啊。”

“哎，说正事儿，”家祥在厨房门口拉住王葵，说，“过十分钟，我在门口等你，我们出去吃饭。”

王葵犹豫了一下。

“就这么定了。”家祥说着，推开门，经理迎面过来。

“家祥——”

“你开到门口，我马上就来。”家祥把藤编的箱子“嘭”地放到车上，跟司机大明打了声招呼，朝大门跑去。

敦煌山庄大门旁边，有个铜铸的飞天雕像，王葵站在飞天前面。飞天身上衣带飘飘，仿佛王葵生了翅膀。

“没法出去吃饭了，”家祥叹口气，“经理让我去给那几个韩国人送饭。”

“是那个女人点名要你去的吧？”

“你说什么呢？”家祥笑了，“人家干吗点我的名？”

“你自己心里清楚。”王葵笑了。

“我们晚上出去吃饭吧？”

“恐怕不行啊，”王葵扭头朝酒店大堂那边看了一眼，“一下子来了这么多学生，经理说，中午自助餐的菜要做平时的三倍——”

家祥骂了句脏话。

王葵往家祥手里塞了个东西，转身回去了。

家祥跑到面包车前面，坐到副驾驶的位置上，打开盒子，里面有一个钥匙链一个手机链，黄铜的，铸出骆驼图案。

大明看到里面的卡片，问：“你生日？”

“哦。”

家祥把东西塞到牛仔裤里，硌得屁股不舒服，他又掏了出来。

“过生日还这么蔫不啦叽的？”大明搡了他一把。

大明车开得飞快，绕过旅游品市场，直接进入鸣沙山月牙泉景区。一对骑着骆驼的游客从面包车边上经过，驼铃叮当，女人们把脸捂得像巴基斯坦人。家祥没见过巴基斯坦人，但他见过一些印度人。有两个印度女孩子让人印象深刻。她们披着沙丽，皮肤黝黑，在角落里悄言细语，研究敦煌英文版的地图。家祥送啤酒过去时，她们收敛笑容，头一抬，黑白分明的大眼睛，眼波如雾如烟。

在一个沙坡上面，九十九朵莲花摆成了一个莲花形状。郑真永在酒店后院做这个模具的时候，家祥被派去给她帮忙。起初，她没找到趁手的工具，让家祥从餐厅找来几个大小不一的汤勺。那些汤勺一落到她手里，就有了十八般武艺，让家祥大开眼界。

泥塑做完之后，郑真永指挥家祥调石膏浆往泥塑上面一层层泼洒，过了一天，石膏模具从泥塑上取下来，她又修理调整了大半天。家祥看着她直接用手在模具上磨来磨去，也不怕皮肤会变粗糙。这些沙子莲花就是用石膏模具翻制出来的。

“从早晨到现在，拉了几十桶水上去。”大明在山下跟家祥说，“我懒得再上去了，在这里等你。”

家祥提着藤箱往上走。他白天在餐厅里工作，往窗外一抬眼就是鸣沙山。每天晚上回宿舍睡觉前，他跟强哥在露台上喝瓶啤酒，闲聊几句，面对的，也是鸣沙山。他早就听熟了风吹流沙的声音，但跟鸣沙山亲密接触，这还是第一次。

登山的木梯嵌在沙里，远看像一排锯齿。家祥在半山腰处往敦煌山庄的方向看，只看见连绵的沙山，以及沙山形成的光影。在峡谷底部，月牙泉如一块弧形碧玉，温润地镶在金色沙漠中间。

郑真永坐在遮阳伞下面抽烟，身上的衣服被汗水洇得湿答答的。她脸涨得通红，头发拢到脑后面胡乱挽成个发髻。

“全是你一个人翻制的？”家祥问。

“当然了，”郑真永说，夹着烟的手朝前一指，“一举一动拍都要拍下来的啊。”

两个摄影师举着摄像机对着那朵大“莲花”拍摄，从中心处往边缘，小“莲花”的颜色逐渐加深。

郑真永用韩语叫他们过来吃饭，他们的脸也都晒得红通通的，冲家祥笑着点头，说了几句话。家祥听不懂，但知道他们在跟他客气。

郑真永跟摄影师一样，狼吞虎咽地吃盒饭，咕咚咕咚地喝矿泉水。她对家祥说，她和他们会一直待在山上，共同记录这些莲花产生，在阳光下面曝晒变干，最后被流沙吹散、直至掩埋的全过程。

“我们这么可怜，”她调皮地说，“请厨师们多给做点儿美食吧！”

回去的时候，大明拉着家祥去了莫高窟，他要顺便把几个游客接回敦煌山庄。

莫高窟前面游人密密匝匝，各种肤色，各色发色，各种口音。

大明没想到家祥居然没来过莫高窟，他找了个认识的导游把家祥带进去参观。

“我接到那几个游客后给你打手机，”大明在门口嘱咐家祥，“你看见我的号码，直接出来就行了。”

家祥混在一群游客中间，导游向游客们强调，为了保护壁画和雕塑，洞窟内禁止拍照。进入洞窟以后，他们发现，洞窟里面连灯都没有，导游边讲解边用小手电筒照着某幅壁画或者某个塑像，示意大家注意观看。

“这么鬼鬼祟祟的，像看艳照。”有人感慨。

大家笑起来，跟着导游往下一个洞窟走。

家祥独自留下，在一尊佛苦修像前站了一会儿。这尊佛比其他的佛像清瘦一些，锁骨突出，四肢修长。洞窟里面光线很暗，佛低眉垂眼，沉吟着，仿佛一直看到了家祥的内心深处。

家祥觉得自己的灵魂变成一缕烟，佛手指一动，会像挑起一缕细丝那样把他的灵魂从身体里面挑出去。

他跟佛对视着，他们的目光是活的，纠结在一起，无声胜有声。可这时另外一队游客在导游的引领下走进来，佛还是佛，又变成了泥塑木雕。

其他的洞窟也大同小异。无非是塑像、壁画。壁画上面的内容也无非是佛、观世音菩萨啦、飞天、伎乐天、胡旋舞、反弹琵琶什么的。有一些像镶着金边，被偷走的金丝引起大家的感慨，依旧留在壁画上面的金丝也让人唏嘘。几拨儿游客经常混成一片，挤在同一个洞窟里面。导游们的讲解此起彼伏。随着讲解结束，游客们像游鱼习惯了固定口味的鱼饵，跟着各自的导游继续前行。

家祥觉得索然无味。敦煌山庄里面有好几尊青铜塑像，壁画挂得哪哪儿都是。内容跟这些洞窟里面的一样，图画倒比这里更加鲜艳、清晰。酒吧的墙上就挂着好几幅佛像，海报大小，装裱在玻璃镜框里面。

有个南方女人眯着眼睛看家祥身后的镜框，好半天一动不动，“佛好美哦——”她对老公说。

那个男人抬眼看了一眼墙上，没说话。

“那些一两千年前的人从五湖四海跑到敦煌来，挖了那些洞窟，住在里面，就是因为佛太美了，他们天天看也看不够，日思夜想也想不够。他们全都爱上了佛。”

那个男人笑笑，仍旧没什么话。

南方女人先离开酒吧回了房间。她一走，她老公变了个人似的，神气活现起来，他跟三个刚走进酒吧的女孩子很快就打成了一片，他请她们喝酒，几个人又说又笑，闹到半夜。他还亲了其中的一个。

厨房里面乱成一团，下午三点钟了，几个厨师还在灶上煎炒烹炸。王葵和另外几个服务员坐在厨房外面的走廊里面，面前摆着案板和竹筐，她们把洗好的青菜切成段。

“有吃的东西吗？”家祥问，“我饿瘪了。”

“呶——”有个女孩子下巴朝旁边点了点，那两个筐里分别是剥了皮的元葱和一些切好的茄子条。

“我们也都是匆匆忙忙对付了一口，”王葵说，“午饭早就收了，你去买方便面吃吧。”

“你陪我去。”

“你没见我忙着呢吗？”

“什么伟大事业啊，”当着那几个女孩子被拒绝，家祥面子有些下不来，“没有你敦煌山庄还玩不转了？！”

“哪有你伟大？”王葵抬起头，脸也拉了下来，“你是艺术家嘛，还跟韩国人一起‘行为’，你多了不起！”

几个女孩子笑起来。

"你吃醋啊？"

"吃醋？"王葵哼一声，"我还喝酱油呢。"

女孩子们笑得更厉害了，有人拿刚切好的柿子椒把朝王葵扔过来。

家祥把脚前的一个等着削皮的土豆踢飞，动作很响地转身，穿过厨房烟雾水雾和浓重的煎炸气息，回到了前台大堂。

几个大学生清清爽爽地迎面过来，他们穿着一样的T恤，上面印着"丝绸之路"四个字。

"家祥——"大明站在门口抽烟，冲他招手，"去不去市里喝酒？你今天不是生日吗？"

露天地摊儿一个接一个，紧挨着敦煌夜市场，一直延伸到T形路口，呈Y形再向两边街蔓延。每天从黄昏开始，这里是敦煌最热闹的地方。

家祥找厕所的时候，被兜售旅游纪念品的小贩拉住了。

"葡萄美酒夜光杯，"小贩说，"就是讲这个杯的。"

他还了一半的价，买下了那个夜光杯。

家祥回到小摊前面，大明约的两个女导游过来了。她们不像大明吹得那么漂亮，比王葵还差一截儿呢。不过她们态度友好，落落大方，什么玩笑都敢开，还跟大明拼酒。

家祥跟着他们笑。他们把酒喝光，他就替他们再倒满酒。

“你好乖啊！”一个女导游说家祥。

“长得也很帅呢。”另外一个说。

他们喝了好多酒，喝到夜空变成黑蓝色天鹅绒，星星像银色胸针钉在上面。夜市已经散了，各种飞虫迎着灯光飞。

家祥去买单，将近两百块钱，又不是跟王葵一起，他很心疼。

两个女孩子提议去她们那儿打扑克，醒醒酒。

“好啊。”大明意味深长地看了家祥一眼。

“我不行，”家祥说，“我得回去上班了。”

“家祥在酒吧里工作，是上夜班的。”大明跟两个女孩子解释，“改天我们去酒吧找家祥喝酒。”

她们笑着跟家祥摆手道别，跟大明走了。

家祥舍不得再花钱，步行回敦煌山庄。

街道上没什么人，家祥有点儿后悔。女孩子们的笑声像一件花边过多的外衣，刚才让他觉得燥热、俗气，甚至有点儿危险；分开后，似乎又不乏温暖和俏皮。

一辆出租车停在他身边。

“外地来的吧？”司机探出身子问他，“想找旅馆我给你介绍个好地方？”

在酒店大堂，家祥看见几百件行李蒙着沙尘，拥堆在一起，被一个鱼网似的东西罩着。白天他走了两个来回，居然没注意到。

他往楼上走的时候，几个跟他差不多年纪的男生正下楼，这次家祥注意到，他们T恤衫上别了小牌子，写着某某大学。

“欢迎光——”王葵冲酒吧门口招呼，发现是家祥，她咬断了话头儿。

家祥在酒吧的玻璃门上照了照自己。他的新牛仔裤脏了些，T恤衫汗湿后，揉皱了。他喝了酒，脸色发红。

客人出奇得少，三个大学生都凑在吧台旁边。

他们拿出相机，挨个跟王葵合影。她穿着白衬衫，黑色小马夹，头发在脑袋后面吊了个马尾辫。王葵在酒吧的工作算是加班，敦煌山庄的人都知道她为了供弟弟上大学，赚钱不要命。

“我今天就把照片放到微博里。”其中一个人照完，对她说。

“敦煌美女。”另一个冲王葵挤眉弄眼的。

“敦煌美女，”他们离开后，家祥移到吧台前面坐下，“给我来瓶冰啤酒。”

王葵从冰柜里面拿出酒，启开盖子，放到他面前：“三十块。”

家祥掏出一百块钱放到吧台上。

王葵瞥了他一眼，把钱推还给他：“他们请我客，酒钱已经付过了。”

“你去过莫高窟吗？”家祥喝了口酒，问王葵。

“没有。”王葵把几个大学生刚用过的杯子洗了，说，“好看吗？”

“没有你好看。”家祥说。

“别的没长进，”王葵笑了，“先学会油嘴滑舌了。”

“我们来了三个多月了吧？”家祥想了想，“强哥说，如果我学会调酒，他带我们去香港混。”

王葵没吭声，把杯子放进消毒柜里。

“你不想去香港？”家祥问。

“香港了不起啊？”王葵说，“古代的时候，敦煌不也是特区，不也是香港？”

“对啊，我怎么没想到？！”家祥笑了，“敦煌特区的时候，香港连个鬼影儿还没有呢。”

王葵笑了。

“有没有人跟你说过，”家祥朝王葵身后的镜框里面瞥了一眼，“你长得有点儿像佛啊？”

“你觉得我是佛？”王葵扭头回去看了看，“那还不赶快跪拜我？”

“好啊。”家祥把酒瓶往吧台上一放，啤酒花咕嘟嘟窜上来，直漫溢到吧台上面。王葵埋怨了一声。家祥径直从侧门绕进吧台里面，在王葵脚前“扑通”跪下了。

她吓得跳起了脚“干吗？！”

“你不是让我拜你吗？”

“快起来，”王葵往外面看了一眼，咯咯笑，“神经病！”

家祥伸出手臂抱住了她的双腿，脸依偎过去。

“别闹了，快起来——”王葵想抬腿，但被家祥抱得死死的。他像个章鱼吸附在王葵身上，她越挣扎，他越抱得紧。

“快松手啊你，让人看见——”

他的手臂勒住她，一只手板住她的身子，另一只拉开了她裙子的拉链。

王葵弯腰过来按住家祥的手，被他用力一拽，整个人跌进他的怀里。他的手撩起她的衬衫钻了进去，在她身上游走。她拉住他的手腕，他们较劲时，她衬衫的扣子崩脱了。

“你发什么疯——”她挥拳打过来，力道很重。

家祥放开了王葵，捂着眼睛坐到了地上。他的头晕晕的，同时又很清醒。

“你活该！”王葵嗔骂了一句。

家祥没吭声。

“疼吗？”过了一会儿，王葵问。

不太疼，但家祥不想起来，他坐的位置黑乎乎的，灯光很暗，跟他现在的心情很配。他这么坐着，很舒服。

“哎——”王葵用脚尖踢了踢他。

他不动。

“强哥说，他的房间空着，他两点钟才回来——”王葵越说声音越低。

家祥抬起头看着王葵——黑裙白衫，吊灯灯光把她笼罩在一片光明中间，她轮廓美丽，光彩照人。

“我们现在就走。”家祥跳起来。

“哪能一起走？”王葵瞪了他一眼，她的纽扣崩飞了，用手捏着衬衫，“我先去缝扣子，你过十五分钟再来。”

“哎，”家祥看一眼王葵留下的房卡，“那你怎么开门——”

“我还有一个房卡。”

家祥飞快地把酒吧里面打扫了一下。他看了眼墙上的挂钟，再有几分钟，他的生日就过去了。他没想到临期末晚会收到这样的大礼，简直想高歌一曲。

他把杯子擦好挂上，刚要关灯，一群人涌进了酒吧。

“家祥——”老板招了招手。

“老板好。”家祥的心沉了下去。

“我正愁没人打下手呢。”强哥走进吧台，伸颈向外，问，“老板喝什么？”

“你随便搞点儿什么给我们喝喝就好了。”

强哥拿酒时，看见吧台上的房卡，他冲家祥挤了下眼睛：“我的生日礼物不错吧？”

“谢谢强哥。”家祥苦笑。他拿起房卡，房卡一面印着“敦煌山庄”几个字，另一面，观世音菩萨脚踩莲花，身上披戴着众多璎珞佩饰，双眉弯弯如月，衣带飘飘临风，两眼微微下视——

“家祥，”强哥一边开酒一边吩咐，“去取两桶冰块，再拿个柠檬过来！”

沿着吧台，家祥把房卡推向强哥那边，观世音菩萨的叹息声就像一朵白云，从九天之外，正缓缓地、缓缓地飘来。

# 酒醉的探戈

李容提前了一刻钟赶到火车站接朋友。那时候天色还是浅黑的，星星却已经看不见了。她在冷冷的天气里一直站到天光大亮。火车总算在晚点四十分钟后进站了。

刘一迪和一个男人从出站口挤了出来。她仰头望天，嗓子眼儿里发出一声短促的尖叫，用肩膀撞了一下身边的男人："你快看那天空，简直蓝透了。"

男人朝天上看了看，低下头盯着刘一迪的脸说："你肯定会给我打电话的是不是？"

"你总这么爱打岔儿吗？"刘一迪笑笑，伸着脖子在接站的人群中张望，当她的目光掠过一个戴着呢帽、被竖起来的大衣领子遮挡了脸颊的女人时，她打量站在自己身边的男人的目光让刘一迪在心里警惕了一下。过了一会儿，她猛然醒过神儿来，转头向那个女人挥手喊起来："李容——"

李容扭扭怩怩地走了过来，毕业后她胖了不少，脸色冻得发青，鼻头是红的，又戴着一顶有羽毛装饰的帽子竖着大衣领子，整个人怪里怪气的。

刘一迪在她的肩上打了一下："看见我了怎么还不打招呼？"

李容看了一眼男人说："我还以为是你一个人来呢。"

"我本来就是一个人。"刘一迪给李容做了介绍，"他是我在车上刚认识的朋友，是个滑冰教练。这位就是我在车上对你说过的李容。"

“你好，李容。”滑冰教练摘下手套冲李容伸出手去。李容慌忙地把手从大衣兜里掏出来。

“你的手这么凉，在外面等了半天了吧？”滑冰教练使劲握了一下李容的手，转身冲刘一迪笑着说，“你的朋友真够意思。”

“还用你说，”刘一迪看了李容一眼，笑着说，“我们谁跟谁呀。”

滑冰教练把手里的提箱放到了刘一迪的面前，嘴里含着块糖似的低声问：“明天给我打电话好吗？”

“好的。”刘一迪一面点头，一面扬起手挥了挥。她的手套上面印着一个用线条勾勒的漫画笑容。

“再见李容。”滑冰教练冲李容笑了笑，他转过身去，两条长腿只迈了几个大步，就混进人群里去了。

李容和刘一迪坐上出租车。“你和那个人说我什么了？”刘一迪鼓着腮帮子在结了霜花的车窗玻璃上呵气，用手指上的温度融出了一小块透明的玻璃，然后偏着头，透过玻璃望着车外的景色，李容忽然问了一句。

“嗯？”刘一迪转头看着李容。

“你们从站口走出来时，我还以为你们是一对儿，没想到你们才认识几个小时。”

“在车上挺没意思的，闲聊了几句。”刘一迪看着李容的眼睛，笑了，“他挺帅的是不是？”

“你问我？”李容斜了刘一迪一眼。

“不问你问谁？你盯着他看的时候眼珠儿差点没变成图钉，钉到人家脸上去了。”

“你栽赃陷害——”

“你否认也没用，咱们俩上下铺睡了四年，我还不知道你？”刘一迪笑了，“你在学校的那些事儿我都跟他说了。我说你十八岁时就中了琼瑶的剧毒，身上裹着一层忧郁的轻纱，望着男人的眼神儿水汪汪儿的，似看非看，把全校的男生的魂儿全都勾走了，最后总算心有千千结，用一件毛衣和朱光明定了今世情缘。”

“滑冰教练很快就会明白，”李容扭头看着刘一迪，“你是一个爱撒谎的女人。”

刘一迪仔细地打量了一下李容，发现她在毕业五年以后，眼神中原有的朦胧全都不见了，她现在的目光冷冷的，很尖锐。说话时，她紧紧地盯着别人的眼珠。

李容没等刘一迪缓过劲儿来，脸上的表情一软，笑了：“那个滑冰教练一看见我，就会发现你的话是错的。这么一个又胖又蠢的女人，连自己的丈夫都不愿意拿正眼去看，和你说的那个人更是差到十万八千里去了。”

“我还没来得及问你呢。”刘一迪的指尖儿在李容的脸上轻轻拍了一下，“你整个人水灵灵的，脸上一点儿褶都没有，朱光明是怎么侍候你的？”

“朱光明那人你还不知道？他以前不是爱写写诗什么的吗？总觉得自己与众不同。他侍候老婆的方式也与众不同。他怕老婆辛苦，衣服在单位水房里洗，饭在单位食堂里吃，回家后也没什么话儿，往沙发上一躺，先看报纸后看电视，自己还在书房里搭了个帐篷睡觉。他这么做其实也是体贴老婆。他老婆胖啊，一个人睡双人床容易翻身。性生活我们至少有两年没做过了。问他为什么，他说洗洗涮涮的，麻烦自己不说还麻烦老婆——”

司机在前面扑哧一声笑了出来。他把车停在了一栋灰楼的前面。

“你觉得这事儿好笑吗？”李容付钱的时候问了司机一句。

司机笑嘻嘻地对着镜子里的人影说：“大姐你真有幽默感。”

“一迪？”朱光明开门时还没睡醒似的，看见刘一迪，眼睛里面好像有两小簇火苗啪地燃亮了，“哪阵风把你给吹来了？”

“东南风。”刘一迪把提箱递进朱光明的手里，脱下靴子拎在手上，进门以后，李容给她找了一双绒布拖鞋换上。提箱放在了墙角，朱光明回房里去了。

“我得先参观参观你们的爱巢。”刘一迪把羽绒服脱下来挂上，四下看了看。

李容的表情说不清是嘲弄还是冷笑，她把衣服脱下来扔到沙发上就直接到厨房里去了。

刘一迪走到书房门口时，碰上穿好了毛衣和外裤的朱光明从里面走出来。刘一迪和他擦肩而过，走进了书房。地板上确实支着一个帐篷。红黄蓝相间的图案，四边的支点用螺丝固定在地板上。刘一迪伸头看了一眼，帐篷里面铺着两张狍子皮，放着一床鸭绒被，扔着几个靠枕，几本书。从帐篷上面，垂下来一个小巧玲珑的吊灯。

“你真睡这儿啊？”刘一迪转过头去看着朱光明。

朱光明双手抄在裤兜里，斜倚着门框，盯着刘一迪的身段笑着说：“如果你喜欢，晚上我可以让给你睡。”

刘一迪听见李容在厨房里摆弄玻璃杯具的声音，举起两手做出投降的姿势：“算了吧，里面这个皮那个毛的，我最怕这些东西了。”

刘一迪走到门口的时候，朱光明伸手搂住了她，在她的耳边低声说：“你的腰还是老样子。”

刘一迪也不挣脱，扬头冲厨房的方向喊：“李容，你没告诉朱光明我要来的事儿呀？”朱光明恨恨地在她的腰上掐了一把，放开了手。

李容端着一杯热果汁从厨房出来时，刘一迪站在他们的卧室里。双人床上放了半床的布娃娃，墙上挂着比真人还大的结婚照，刘一迪对李容做了个鬼脸：“这么大的人头，你们晚上不怕做噩梦？”

“让你说着了。”朱光明在李容的身后，对刘一迪笑着说，“除非失眠，只要能睡着觉，梦见的肯定是噩梦。”

李容一下子转过身去。“朱光明你什么意思？”

“声讨你呗。”朱光明笑嘻嘻地说，“盼星星盼月亮，好容易把一迪盼来了，你还不让我倒倒苦水？”

“这事儿我哪能拦着你？果汁给你喝了吧，一会儿多陪刘一迪说说话，多倒点儿苦水。”李容把杯子递到朱光明的眼前，手腕突然一抖，果汁冲着他的脸泼了过去。

朱光明一偏头，整杯果汁泼到了他刚刚倚着的墙上，“你就是这么个及时雨的脾气。”朱光明乐呵呵地指着李容对刘一迪说道，“她每次开玩笑都来这么一下，一点儿悬念都没有。”

“设计悬念我怕你受不了那刺激，”李容转身冲刘一迪笑，“我再去给你冲一杯新的。”

李容回到厨房后，有些看呆了的刘一迪长长地吐了一口气，“没见过你们这么开玩笑的。”

“你觉得这是开玩笑？”朱光明很认真地望着她。

刘一迪不知说什么好，好在李容用托盘托着两杯果汁和一盘糕点又走过来了。她站在门口对刘一迪说：“到客厅里坐吧。我们家的卧室没有男人住，阴气太盛，待久了浑身冷飕飕的。”

刘一迪冲朱光明挤了挤眼睛，跟着李容走到客厅里去了。朱光明也跟到了客厅里，他坐在单人沙发上，刘一迪和李容坐在一个长沙发上。李容陪着刘一迪吃早点，好像屋里没朱光明这个人似的。

“你不吃吗？”刘一迪问朱光明。

“我看着你吃。”朱光明笑着说。

李容在旁边接了一句：“他有看女人吃东西的瘾。”

“有看漂亮女人吃东西的瘾。”朱光明纠正了李容一句，“秀色可餐。”

“你们两个，”刘一迪笑了，“上大学时让你们说句话可够费劲的，结婚以后吃什么了，嘴皮子磨得这么厉害？”

“那时候我少不更事，一件毛衣就让人给套牢了。”朱光明对刘一迪说，“其实当时我到你们寝室去是想追你的。”

“你少来——”刘一迪放下刚喝了一口的果汁，“想离间我和李容的感情是不是？”

“他说的是真话。”李容说，“这事儿你心里也清楚，朱光明当时是为了你才天天来寝室泡着的，你不理他，他才选我做了替补。”

“我没不理他，是你给他织了件毛衣。”刘一迪说，“一衣定情。”

“对，我是织了件毛衣，用他的话说叫套牢，用你的话形容是心有千千结。”

“都是毛衣惹的祸。”朱光明说，他们一起笑了。

“你怎么想起到这儿来了？”朱光明问刘一迪。

“你什么都没告诉他？”刘一迪看了李容一眼，对朱光明解释说，“我现在给韩国的一家化妆品做代理，想在这里重要的商场里设几个专柜。”

“怪不得你越长越漂亮，在这里能待多久？”

“这得看具体情况，至少也要半个月吧。”

“你住哪儿？”

“我在宾馆里预定了个房间。”

“别妄费心机了。”李容冲朱光明笑，“刘一迪在火车上认识了一个滑冰教练，长得帅极了，既使有浪漫故事也轮不上你。”

“那可不一定，”朱光明也冲着李容笑，“我和一迪毕竟是有四年感情基础的，我坚定一点儿她心软一点儿，故事也许很容易发生。”

“你们两个有完没完了？”刘一迪沉下了脸，“再这么开玩笑，我以后不和你们见面了。”

刘一迪很快就进入了工作状态，忙着在商场找关系设专柜。李容在大学图书馆当管理员，上午坐班，下午和另外一个管理员交替着休息。轮到她休息的下午，吃了午饭她就到宾馆找刘一迪。她们在一起聊聊天，有时睡个短短的午觉。下午刘一迪如果去商场，李容也跟着她。刘一迪和经理在办公室里谈事情，李容一个人在商场里瞎逛。每次她都能挑到自己喜欢的洋娃娃。

“你还买？再买你的床该放不下了。”刘一迪在洋娃娃的头上拍了拍，“不如自己生一个了。”

“这事儿我一个人能说了算吗？”李容的脸色难看起来。

她一这样，刘一迪也不知该说些什么了。

晚饭也是两个人一起吃。第一次吃饭时刘一迪问了李容一句：

"要不要叫朱光明一声？"

"随便你，"李容说，"你想他你就叫。"

刘一迪笑笑，从那以后，她再也不提朱光明。她不提，李容更不会提，就好像她压根儿不知道朱光明是谁。有一次她们俩去吃韩国料理，李容突然提起了滑冰教练："那个教练怎么样儿了？叫他一起出来吃饭吧？"

"你对他有意思？"刘一迪从包里拿出手机，很熟练地拨号，通了以后她冲李容做了个鬼脸，口气很亲近地对电话里说，"李容和我在一起，她想找你吃顿饭，你敢不敢来呀？"

滑冰教练在一刻钟后赶来了，他走到李容和刘一迪的桌边时，刘一迪抬起头来看着他，似乎很惊讶地问："咦？你还真的来了？"她又看了看他身后，"你怎么来的？"

"我知道有两位美女坐在这里等我，"滑冰教练笑着说，"飞着来的。"

"坐下说话吧，你那么高，站在那里像棵树一样。"李容站起身给滑冰教练拉开了椅子。

"李容——"刘一迪望着李容笑，"你这样子照顾他，会把他惯坏的。"

"在火车上她就跟我说过你是特别温柔、特别会体贴别人的女孩。"滑冰教练对李容说，"果然是这样。"

李容脸一下红了："我哪里还是女孩？胖成这副模样儿，像农村大嫂。”

“哪里哪里，燕瘦环肥，你和刘一迪各有各的魅力。”

“呀——”刘一迪拍了下巴掌，偏着头看滑冰教练，“你今天看见李容，口才一下子变得特别好了似的。”

“我的口才什么时候好过？”滑冰教练很认真地望着刘一迪，“我只是实话实说而已。”

“好一个实话实说，服务员——”刘一迪扬手叫了一声，扭头对李容和滑冰教练说道，“为了这句实话实说，我们当浮三大白。”

那天晚上，李容喝多了，滑冰教练把她送到家门口。

第二天早上朱光明去宾馆找刘一迪。刘一迪还没起床呢，听见门铃响以为是服务员送水，穿着睡衣就打开了门：“怎么是你？”

朱光明走进来，顺手在背后锁了房门：“昨天晚上李容喝多了，闹了一夜。我担心你身体不舒服，过来看一看。”

“这么体贴？”刘一迪笑了，她钻回到被窝里，竖起枕头倚在背后，把棉被一直拉到下巴上。

“怎么你不知道？”朱光明弯下腰来，对着刘一迪的脸说话，他的嘴唇差一点点就可以碰到她的。两个人僵了一会儿，朱光明向后一撤身子，在床边坐了下来，“你让那个家伙送李容回家的？”

“他不送谁送？我可没有力气把李容抱上五楼。”

“李容很久没被男人抱过了，回到家以后，兴奋得够呛，整个晚上不睡觉，扯着嗓子一首接一首地唱邓丽君。”

刘一迪的身子在被子下面笑得抖了起来，她把被头又拎高了一点，挡住了自己的嘴。

“你幸灾乐祸？”朱光明隔着被在刘一迪的身上摸了一把。

刘一迪笑得更厉害了，除了一头长发，整个人都埋进了棉被的下面。她的笑声从被子里面传出来后，显得有些闷闷的。朱光明把手伸进了被子里，他的手臂动了几动，刘一迪就主动把自己又暴露了出来。

“不笑了不笑了。”刘一迪冲朱光明摆手求饶，她做了几个深呼吸，慢慢地平静下来。脸刚板了一会儿，又扑哧一声笑了，“你说李容好久没被男人抱过了是什么意思？”

“就是没有男人抱过她的意思。”

“你呢？你不是男人？”

“我是男人，但我不抱她。”

“你不爱她？”这回刘一迪真的收住了笑，“那你为什么还要和李容结婚？”

“一失足成千古恨哪。”朱光明停顿了一下，叹了口气说，“上大学的时候，我和她上了一次床，我发现她是处女，一个月后，她发现自己怀孕了。我们到郊区找了一家医院打胎，她的子宫好像被打胎弄出了问题，以后再没怀孕过。弄成这个样子，除了凑合过过日子，我还能怎么样？”

刘一迪沉默了一会儿，拍了拍朱光明搁在棉被上的手，说："李容是真心爱你的。"

"谁知道呢？"朱光明望着刘一迪，脸上慢慢渗出坏坏的笑意来，"你知道大学毕业后我最后悔的事情是什么？"

"什么？"

"我后悔我当时怎么没找个机会强奸了你。"

刘一迪一愣，抓起枕头朝朱光明的脸上打去："你去死——"

朱光明摁住了刘一迪的手臂："真的，一迪。如果我当时强奸了你，也许你就会老老实实地做我的女朋友了。你说会不会？"

刘一迪翻着眼睛朝天蓬上看了看，笑了："也许我会告发你，公安局的人会把你抓走，然后是审判大会，你被判处死刑。最后是一把枪，"刘一迪用手做枪抵住了朱光明的太阳穴，"'砰'，你死了。"

朱光明笑了，刘一迪把"手枪"转过来对着他的嘴："你先别笑，事情还没完呢。你挨了枪子儿以后，一辆救护车开到了刑场，几个穿白大褂的人把你抬上担架，接着救护车又回到了医院，一直开进了太平间。你被搁到了平台上，七八个医生手里握着刀，对着你的身体跃跃欲试。他们剥了你的皮，挖了你的眼，抠出了你的内脏，最后把你的骨头也剔了出来——"刘一迪仰头望着朱光明，"你脱衣服干什么？"

"给你一个解剖我的机会。"

那天下午李容没去上班，她直接来到了宾馆。刘一迪穿着睡衣给她打开了门，对李容突然睁大的眼睛没理会，转身又回到床上躺下来，把棉被一直拉到了下巴上。

“你昨天晚上喝多了吧？”刘一迪问李容。

李容慢慢地走进屋，鼻子一抽一抽地，她站在床头冷冷地俯视着刘一迪的身体。

刘一迪看了她一眼，“发什么呆呀你？酒劲儿还没过去？”

“你和朱光明是不是刚刚搞过？”李容慢吞吞地说。

刘一迪的脸色一下子变了：“你说什么鬼话？”

李容盯着刘一迪的眼睛，她的脸上只有嘴在笑：“你们肯定刚刚搞过，我闻得出朱光明身上的味道。”李容弯腰抓起刘一迪身上的棉被闻了闻，手臂用力地抖落了一下，尖利地叫道，“你的床上到处是朱光明的味道。”

“什么味道？”刘一迪坐直了身子，下意识地抽了两下鼻子，“你疯了李容？”

“我一直把你当成最好的朋友，”李容喃喃低语，她的目光一直没从刘一迪的脸上离开，“真的，我一直当你是我最好最好的朋友。可是，你却和我的丈夫搞到一起去了。”

李容把手里的棉被摔开，好像那是多么脏的东西似的。她神情有些迷乱地四下看了看，然后往外面走去。

“李容，你听我说——”刘一迪在她身后喊了一声。

李容站住脚步，回头看着刘一迪。

“听我说，李容。”刘一迪使劲儿地咽了一口唾沫，“李容，你听我说，你昨天晚上喝酒喝得太多了。你到现在也没醒酒，你的脑子不清楚，所以，你不要胡思乱想。”

“我不清楚？我胡思乱想？”李容目光闪烁地看着刘一迪，她咧开了嘴，没有笑声地笑了，“刘一迪，你以为你很聪明是吗？你以为我是个傻瓜？我告诉你，我们两个人中间，脑子不清楚的那个人是你。”李容摔门出去了。

刘一迪光着脚追到了门口，她看见李容的身影消失在电梯那边，她转头冲着服务台的方向尖声喊了起来：“服务员——”

服务员很快就出现在了刘一迪的面前，她有些紧张地看着刘一迪。

刘一迪愣愣地盯着服务员看，过了一会儿，用手按着胸脯轻声说：“给我送瓶开水来，如果方便，给我顺便换换被套床单。”

李容整整三天没露面，以前她像个影子似的跟在刘一迪的身后，难免让刘一迪发烦。现在她一下子无影无踪了，刘一迪觉得自己的孤单倒变得难看起来了。她给李容家里打了个电话，是李容接的。

“你好点儿了吗？”刘一迪问李容。

“你指什么？身体还是精神？”

“李容，”刘一迪顿了顿，“我想我们有必要谈一谈。”

“我也这么想，我会找你谈的。你等着吧——”李容冲屋里叫了起来，“朱光明，你来接一下刘一迪的电话吧，她说她想念你。”说到最后一句时，李容咯咯地笑了。

“真的吗一迪？”朱光明接过了电话，“想我了？”

刘一迪也笑了，“可不是，我想你想得牙都疼了。”

李容第二天到商场里找刘一迪时，刘一迪正和柜台的售货员对价目单。她冲李容摆了摆手，示意她等一会儿。李容把胳膊放在玻璃柜台上，在一边听她们一样一样地对了一会儿单子，冷不丁地问了刘一迪一句：“那天你们俩是怎么开始的？”

刘一迪掂着一大堆单子愣住了。

“我说的是你和朱光明。”李容抬头直视着刘一迪的眼睛，“你们俩搞到床上的时候，一开始是怎么发生的，是谁先挑逗谁的？”

“李容你——”刘一迪看了售货员一眼。

李容也看了售货员一眼，她冲她笑了笑，解释了一句，“朱光明是我的丈夫。”说完她又转向刘一迪，“你还没回答我呢？”

刘一迪浑身发抖：“你太过分了——”

“我过分？”李容的嗓门一下子提高了八度，“我一直当你是我最好最好的朋友，我发现你和我的丈夫搞到了一起时。我没打你没骂你甚至也没怪你，我只是想了解一下事情发生的经过，你还说我过分？”

刘一迪闭上了眼睛，但她知道这没用，商场里卖化妆品的买化妆品的，现在都在朝她这边看过来。她把手里的单子往柜台上一拍，对售货员说："我们过一会儿再对。"她用空下来的手拉住了李容的胳膊，"我们出去说。"

"干吗要出去说，外面冷得要命。"李容甩开了刘一迪的手，稳稳当当地把胳膊支在柜台上，"有话还是在这里说吧。我的丈夫被人偷了，我都不介意，你还有什么可介意的？"

"你不走我走。"刘一迪拿起皮包朝外走，一直走进了凛冽的寒风中。李容没跟她出来，跟在她身后的是商场里那些惊讶的目光。她在街头转悠了一会儿，整个人冻得有些麻木了，就打车回到了宾馆。服务小姐说有人留了封信给她，她接过信封看了一眼，是朱光明的笔迹。

信没封口，一张纸上龙飞凤舞地写着几个大字："我来过。你不在。很想你，朱光明。"刘一迪把信和信封迭到一起，边撕边让服务员开门，她进门后做的第一件事是把碎纸屑扔进了马桶里，放水冲走了。

第二天刘一迪去商场的时候，面对的全都是含意深远的笑容。售货员和她对价目单时，不停嘴地对她说着体己话儿："那个叫李容的昨天在这儿待了半天呢，说了很多难听的话。走的时候，她说她要去别的商场找你。"

刘一迪的太阳穴突突地跳了几下，但脸上还是镇定的。她平淡地说：“随她去吧。”

售货员看了她一眼，不再说话。

刘一迪对完价目单，安排好进货的事情，转到下一家商场。商场的售货员一见到她就说：“昨天你的那个朋友来过了，闹了好半天，弄得我都没法儿卖货了。”

刘一迪朝售货员的脸上扫了一眼，看得出她浑身上下洋溢着喜洋洋的情绪。“她闹是她的事儿，你不卖货你算干什么的？”刘一迪紧盯着售货员的眼睛，那个年轻的女孩子被她看得把头垂到了胸前。

刘一迪连走了几家商场，对账点货一直忙到下午三点多钟，连午饭也没顾上吃。回宾馆的时候，天色暗得人视线模糊。阴了一整天的天空，雪开始大团大团地飘起来，打到出租车的车窗玻璃上，刘一迪的目光跟着刮水器来回地转，手机响了，她看了一眼号码，是朱光明和李容家里的电话。她没接，听任着电话一声接一声地响了半天。

宾馆里所有的灯都亮了起来，刘一迪从电梯里一出来，就看见了站在服务台边和服务员说话的李容。电梯门还没有关上，刘一迪返身又跨了进去。李容追到电梯门口时，她们的目光刚刚相遇就被两扇对接的门截断了。

刘一迪在一家韩国风味的烤肉店里给滑冰教练打电话。他赶到店里来的时候，她已经把一瓶干红喝掉了一大半。

“女人这么喝酒，很容易让男人有机可乘的。”滑冰教练把酒瓶放到了自己的手边。

“是吗？”刘一迪红扑扑的脸上笑靥如花，她凑到滑冰教练的近前，问道，“那天李容喝醉了，你送她回家的时候，乘没乘机？”

滑冰教练笑了。

“你笑什么？”刘一迪看着滑冰教练，“其实我知道你们那天晚上是怎么回事儿。我太了解李容了，她外表老实心里可奸着呢。而且她一向有从我手上把男人半道儿截走的本事。”

“朱光明以前是你的男朋友吧？”

“就算是吧。”刘一迪用手转了转杯子，忽然笑了，“但他们俩更般配，简直是天造地设的一对儿。”

“你恨李容吗？”

“是她恨我。即使她得到了朱光明，她仍然能找出很多理由恨我。算了不说了，”刘一迪用手在眼前扇了扇，好像这样一来，话题就会随风而逝了，“你和我一起回宾馆吗？”

滑冰教练凑近到刘一迪的面前，低声问：“我可以把这句话当成是有机可乘的邀请吗？”

“你说呢？”刘一迪笑了。

“需要我帮忙吗？”刘一迪推开卫生间的门，把头伸进去问滑冰教练。

滑冰教练顺手拉上了浴盆边上的防水挡帘，他的头露在挡帘的上面："谢谢，还是我自己来吧。"

两个人都笑了。

屋子里的电话响了，刘一迪站着没动，滑冰教练一边举着莲蓬头往身上冲水一边从挡帘上面看着她。电话响了很长时间。

"昨天下午李容到体院找我，"滑冰教练说，"她先去了体工队，又去了省体校，最后找到我们学院来了。"

刘一迪看着他。

"当时我正给学生上课呢，李容见到我劈头就问了一句，你和刘一迪上床了吗？我让她给说懵了，问她出什么事儿了。她说没出什么大事儿，就是想了解一下你和男人上床的情况。还说你跟朱光明前几天上了床，她问你事情是怎么发生的，你不愿意告诉她。所以，她只能来找我做侧面的了解。"滑冰教练停顿了一下，"那个李容，她的心态是不是有问题？不管我怎么解释，她都不听，一个劲儿地问我很多细节上的事情。比如是谁先开始的，接吻了没有，衣服是怎么脱下来的？还有一些乱七八糟的，我都不知道她怎么好意思问出口的？而她的态度那么泰然自若，好像一切都是理所应当的。她觉得你和朱光明合伙背叛了她，而你在事后什么也不肯说，对她更是双重的背叛。"

刘一迪的脸白得像刚下的雪，在灯光下反着冷冷的光。她一声不吭地打开衣橱，把脱下来的衣服又套到身上。滑冰教练穿好内裤从浴盆里跨了出来："一迪，你想干吗？"

刘一迪笑了，她的笑容在灯光下飘飘的，没一点儿重量。“我去回答李容的问题。”她边说边拉开门走出去了。

“一迪。”滑冰教练喊了她一声。他穿好衣服抓起羽绒服追出去的时候，正好赶得上坐进刘一迪招来的出租车里：“别这样一迪，早知道你这样我就不告诉你了，回去吧。”

“开车。”刘一迪对司机说，转头看了滑冰教练一眼，“你要愿意陪我去，就别说话，不愿意的话你随时可以下车。”

滑冰教练看看她的表情，叹了一口气：“好吧，我陪你去。”

朱光明打开门，看见刘一迪和滑冰教练站在一起，露出吃惊的表情。李容坐在客厅的沙发上，见他们进来，也好像吃了一惊。

刘一迪进门后自顾自地脱皮靴，换脱鞋，她的目光围着李容的脸转，头也不扭地说：“朱光明，给我倒杯水，我和李容要好好谈一谈，既然她喜欢听细节，那我就知无不言言无不尽地给她讲讲——”

李容直勾勾地盯着刘一迪，尖声地嘟哝了一句：“我什么都不想听——”

“怎么会呢？”刘一迪把大衣脱下来扔到沙发上，坐到了李容的对面，笑微微地看着她说，“你跟售货员、服务员、还有他，”刘一迪指了指滑冰教练，“都说过，你想了解细节。现在我决定好好满足满足你的好奇心，我从头一天晚上讲起还是从第二天早晨讲起呢——”

“到底怎么回事儿？”朱光明看看这个又看看那个，最后问滑冰教练，“这事儿和你有关？”

“还是从头一天晚上讲起比较好，你跟他喝了多少杯？”刘一迪扭头看了滑冰教练一眼，又转过头去，“李容，我从来不知道你的酒量那么好，你和他一杯又一杯地至少也有十几二十杯吧？你喝了那么多的酒可话一直说得挺清楚，出门时你才觉得腿软了吧？我看见你整个身子都跌倒在他的怀里了。你们当时是九点钟走的，晚上车少，路也不太难走，”刘一迪扭头看了朱光明一眼，“他们不到九点半就回来了吧？”

“十一点半，”朱光明抱起了双臂，“他们差三分钟十一点半回来的，开门时我看了一眼表。”

李容的脸上变得一点儿表情也没有了。

“半路上我们下了车，”滑冰教练望着刘一迪，“李容吐了。吐完后我们去一家茶馆坐了一会儿，我觉得李容喝得太醉回家来不大好。”

“你觉得？”朱光明似笑非笑地看着他，“在茶馆喝茶的时候李容没告诉你她是绝对自由的吗？她想干什么都行。”

“李容在茶馆里一直在谈你，她给我讲了你们谈恋爱的经过，结婚的过程，还有你的各种生活习惯。听说你在书房里支起一个帐篷睡觉，经常半夜起来上网聊天，你的网上女友名叫陌上霜？”

“一迪，”朱光明笑了，“看来，知无不言言无不尽的那个人不是你。”

刘一迪静静地坐着，像是没听见朱光明的话。屋子里沉默了一会儿，刘一迪望着李容的目光慢慢地变得远了，“还记得大学三年级那次我们三个人通宵看日本电影展的事儿吗？朱光明坐在我们俩中间，放到第五个电影的时候，他睡着了，头偏着压到了我的肩上。我没想到睡着的人会那么沉，一颗头有好几十斤重似的，压了一会儿我就受不了了，我把他的头推到一边，他向你那边歪了过去，压到了你的肩上。你一动不动地坐着，上大学时你比我还瘦，我不知道那两个小时你是怎么对付过来的，但有一点我明白了，你爱朱光明，比我多得多。”

“你一向是一个很会开脱自己的人，”李容盯着刘一迪，慢慢地笑了，“你不爱朱光明，但你却让所有的人认为，你的女朋友抢了你的男朋友。你喜欢做出一副受了委曲的样子，可是，你从来就不是受害者。”

蔚蓝藻

海就在眼前。很辽阔的一片蔚蓝，风里裹挟着咸腥的味道，海鸥在天上叫着，姿态优雅地划着弧线。天和海宛若两个没有边际的镜子互相对照。

罗晶站在海边，离其他人略远一些。风吹着她的裙摆，发出“啪嗒”“啪嗒”的声音。浪花像一排排牙齿不断地朝她的脚咬过来。她不无愉悦地想象着海水里的盐分或许会在脚趾头被风吹干时，挂上一层白霜似的东西。

罗晶是顶替丈夫李江波的名额加入这个旅游团的。她在大学图书馆里工作，放暑假闲着没事儿，李江波有预定的手术来不了，问她想不想散散心，她一时心血来潮就来了。在机场和医生们一碰面，罗晶就后悔了。

这个旅游团加上导游小姐一共才十个人，除了她和导游小姐外，全是医生，其中包括来自肿瘤医院的一对新婚夫妇。

“放心吧，我会像保护眼珠一样保护好她的。”杜新颖对李江波大包大揽地说，还像哥们儿似的在他肩上拍了拍。

导游小姐杜新颖活泼漂亮，她以前为医药公司带过几次团，和很多男医生们都有交情。他们平时也经常叫她一起出来吃顿饭喝喝咖啡什么的。医药公司这次出资组织旅游团时，有两个医生打电话给旅游公司，点名要来她带团。

杜新颖的话并未让李江波放心，他忧心忡忡地看着罗晶。罗晶走到安检处隔着人向他挥手告别时，还觉得他在犹豫着要劝她留下来。

罗晶顶替李江波，成全了新婚夫妇。按原定计划，新娘得和杜新颖住一个房间。李江波没来，罗晶和杜新颖住，新郎新娘也得以团圆。医生们出来放松，闲着无聊整天拿新婚夫妇打趣儿，话说得没深没浅。罗晶抱怨医生们没有口德。杜新颖却不以为然，说新婚夫妇在肿瘤医院工作，生生死死的事情早已经见怪不怪，这几句玩笑话太小儿科了。

杜新颖年纪不大，对人对事却很有自己的见地。这次旅行，她们朝夕相处，虽然只认识了几天，但由于分享了彼此的秘密，已经成了很亲密的朋友了。

来海边前，在酒店门口上车时，杜新颖用手肘捅了罗晶一下，让她朝新娘看。

新娘油脂过剩，脸上长了许多痘痘，除非不得已，她从不靠近杜新颖和罗晶，像一只家雀整日栖息在新郎的臂弯中。新郎身材粗壮，一副老实相儿，三分之二的语言都用笑容代替了。

“往身上看。”杜新颖提示了一下。

新娘穿的七分裤和短衫都是时下正流行的，亮丽的花色把她的皮肤衬得更黯淡了不说，腰长腿短的毛病也一览无余。

“她的腰很硬。”杜新颖为罗晶指点道，口吻仿佛是资深的医生，“这样的女人在床上通常没什么趣味儿。”

罗晶被逗笑了，又有些难为情。尽管她与杜新颖的某些谈话令她自己也感到惊奇，但那毕竟是夜晚的话题，是受到灯光的诱惑不由自主地说出口的。在光天化日之下，杜新颖说的这些话让她很不自在。

如果没有杜新颖，这次毫无趣味可言的旅行，很可能会让罗晶提前踏上归途。大家一日三餐围着同一张圆桌吃饭，医生们轮番讲黄色笑话，也不管嘴里是不是有东西，笑得没遮没拦的。罗晶提心吊胆地望着他们，他们是医生，不会不知道会咽软骨受气流的波动，一个不小心，食物就会窜进气管。

那可不是闹着玩的。

除了讲笑话，男人们都抢着和杜新颖说话，彼此间很夸张地争风吃醋。杜新颖像幼儿园的阿姨分糖果似的，把甜美的笑容和同样甜美的抚慰话均分给除了新郎以外的所有男人，还能分出精力来实现对李江波的承诺，照顾罗晶。她在饭桌上把一些清淡的菜品转到罗晶面前，果盘上来后总是先替她挟上几块。

罗晶很服气杜新颖，她比她还小几岁呢，但是狂成熟。“狂”也是罗晶刚跟杜新颖学的形容词。她对男人有亲和力，对女人也是一样。可能与她们是在机场认识的有关，她们的友谊在很短的时间里迅猛发展。旅游刚刚开始，她们已经为回家后制订了很多到哪家餐馆吃饭、到哪家商场逛街以及在哪家美容院做香熏等一系列计划了。

罗晶为能认识杜新颖而高兴。本来她是一个连电视都很少看的人，休闲的时光大部分都用看书打发了。而杜新颖回房间的第一件事就是打开电视机，用声音把房间装满。哪怕是睡着了，电视也是开着的。屏幕上发出的彩光在黑暗的房间里闪烁，夜晚变幻莫测。更令罗晶吃惊的是，杜新颖每次在浴室里冲完凉，总是光着身子就走出来，一边用浴巾擦头发上的水，一边对着镜子打量自己。

杜新颖身材很棒，腰细腿直，乳房很丰满。由于经常带团外出，她的皮肤晒成了巧克力的颜色，只有乳房和下身那一段得以幸免。有一天夜里杜新颖站在罗晶面前，让她看看自己的身体有什么异样。

“你什么意思？”虽然都是女人，但杜新颖这么一丝不挂的，罗晶觉得很窘迫。

“我可能是怀孕了。”杜新颖打量着自己的身体，“月经推迟了快十天了……人家说如果怀孕的话能看出来。”

罗晶结婚好几年了，却没怀过孕。李江波和前妻有一个儿子，对要孩子的事情不大起劲儿。而她一想到怀孕时变形的身体，还有抚养孩子要应对的琐碎事物，先就怕了。

罗晶在杜新颖身上看不出什么所以然来。

“要不，让新娘子过来看看？”她提议。

杜新颖笑了：“那我还不如找个男医生看呢。”

话题很自然地落到杜新颖的情人身上，她坦言自己有过好几个情人，在她肚子里留下隐患的这个，半个月前与她刚刚分手，他是医生，也是有妇之夫。

“刚开始我们没想怎么样，他有个同事，老开我们玩笑，见面就问他，你是不是看上杜新颖了？看见我就问我，你和谁谁谁上没上过床啊？有时候当着我们俩的面也这么问。其实是他自己想泡我，但我从来不搭他的茬儿，他就老拿别人垫背。不过他老这么问来问去的吧，时间一长，我看见那个人的时候，就有些不自然了，他也和我一样。有一天我们凑巧在外面碰上了，他问我去哪儿？我说回家，他说我跟你回去行不行啊？他那样子半真半假，像开玩笑似的，我也开玩笑似的应了一声，说行啊，跟我走吧。我们就这么着一起回家了。”

罗晶猜出了杜新颖的情人是谁。罗晶看见他和她在酒店咖啡吧里一起喝咖啡。他叫陈朋，和李江波是同事。在飞机上，杜新颖挨着罗晶坐，指指点点地把每个人的背景都给她介绍了一遍。指到陈朋时，他好像有感应似地转过头来看了她们一眼，罗晶一下子就记住了他。

昨天罗晶给他们照相时，在镜头里看到的东西也很有意味。新婚夫妇还是自成一体地躲在一边，其他的男人们都试图能离杜新颖近一些，她的腰被一个人圈着，肩膀却被另一个人搂着。她的头朝站得笔直的陈朋倾斜了过去。

平时男人们围着杜新颖献殷勤时，陈朋的态度也很微妙。虽然他处于热闹的圈子中间，但不怎么说话。倒是杜新颖，经常拿他当盾牌把别的男人挡出去。

“我喜欢话少的男人。”杜新颖毫不掩饰对情人的留恋，“他平时不爱开口，但我们俩在床上时狂和谐，我一到他手里就全身发软，随便他把我摁扁搓圆。”

“你们为什么分手？被他老婆发现了？”

“不是。”杜新颖笑得有些苦涩，“我把以前和别的男人之间的事儿告诉他了。纸里包不住火，有些事儿早晚会传到他耳朵里去的，我还以为我自己坦率说出来，对我们之间的感情有好处呢。结果倒好，他把我当成狂不正经的女人不说，还因为这些事儿是我主动告诉他的，他更觉得我厚颜无耻了。”

“你本来就狂不正经，你本来就厚颜无耻。”罗晶心想。

虽然此时此刻的杜新颖一副可怜巴巴的模样儿，虽然罗晶拿她当好朋友，但她还是站在了那个隐身的受害者的一边。杜新颖讲述故事的口吻让罗晶不舒服，那么自然，好像她在说一件平常事。

“你怀孕的事儿他知道吗？”

“连我自己都没搞清楚呢，他怎么会知道？”杜新颖叹了口气，“我从来没遇上过让我这么着迷的男人。他也知道我喜欢他。他可能因为这个害怕了，怕我破坏了他的家庭。我把以前的那些事儿告诉他，没准儿正中他下怀呢。他做出一副很介意的样子来表示他爱我、在乎我，然后再用感情受到伤害的理由来跟我提分手，岂不是两全其美？”

“你怎么跟个分析家似的？”罗晶笑了。

“分手以后我每天都想他，像录像带倒带似的把我们俩的事一遍遍地重放。他有几根花花肠子我早就有数了。”

杜新颖这么清醒，罗晶也没什么话好说。

“别总说我了，说说你吧。”笑容又涌上杜新颖的脸，把刚刚呈现出来的忧愁挤走，“你有没有过婚外情啊？”

罗晶笑了：“当然没有。”

“什么叫当然？！”杜新颖哼了一声，“没有什么事儿是当然的。就算你现在没有，也不能说你以后就没有。”

她的态度让罗晶有些不舒服：“我以后也不会有。”

杜新颖的笑容里面充满了不相信。

“那李江波呢？”

罗晶楞了一下：“……也没有吧。”

“他跟你说没有，还是你觉得他没有？”

“我觉得他没有。”罗晶想了想，回答道。

杜新颖的脸像电视屏幕一样飞快地变换了好几种表情：“你凭什么认为他没有呢？”

罗晶想说“他不是那种人”，但立刻觉得这个回答十分荒唐，当初她和李江波谈的那场恋爱，也是婚外情啊。

“李江波这种类型的男人对女孩子最有吸引力了，成熟，成功，有钱，有风度。”杜新颖自言自语般地说了几句，冲罗晶笑了，“不过你很安全，李江波很爱你，开口晶晶长闭口晶晶短的，唯恐别人不知道他有一个漂亮可爱的老婆。”

早晨罗晶和杜新颖去餐厅吃早餐时，杜新颖新换的一件红色的牛仔短裤引起了男人们的注意，说她的屁股像两个煮熟的螃蟹盖子。只有陈朋说了一句："T恤很漂亮啊。"

"李江波送我的。"杜新颖说。

陈朋愣了愣，看了罗晶一眼。

罗晶笑笑。T恤衫是两个月前李江波送给罗晶的生日礼物。她平时很少穿休闲的衣服，这次度假才把T恤衫带了出来。她到浴室里冲淋浴前把T恤衫放在床上，出来后，发现杜新颖穿着那件T恤衫在镜子前面左扭右摆地照来照去。罗晶就做了一个顺水人情，把T恤衫送给了她。

吃完饭他们先去水族馆参观。天气闷热，水族馆里人挨着人，味道很浓烈，罗晶被熏得头晕脑胀的。那些隔在玻璃幕墙后面的鱼们也好受不到哪里去，整天给这么多眼睛盯着，偶而闪光灯那么一闪，不吓出病来才怪呢。

"我以前见过你。"陈朋对罗晶说。

"是吗？"

"在医院的电梯里。"陈朋说，"你得了病毒性感冒，李江波带你去打针。你身上披着一件乳白色的羊绒大衣，头发比现在还要长。虽然生病，但头发却又黑又亮。"

那是两年前的事儿了，陈朋的记忆力让罗晶吃惊，还有他讲起往事时的语调，成心要提醒她他话里包藏了很多意义似的。

罗晶也留意了一下陈朋。他是医生，却有一张忧愁善感的脸，喜欢用眼睛而不是嘴说话。在刚刚结束的学期里，罗晶被一个大学三年级的学生弄得焦头烂额。他每天到图书馆里来，罗晶对他的冷淡丝毫也不影响他熊熊燃烧的爱情之火。被比自己小十岁的男生爱上是件很可笑的事情，不只是同事，连李江波也偶而拿这件事开罗晶的玩笑。陈朋和那个男生长得有些相像，尤其是盯着人看时的眼神儿。

“你在大学里工作？”

“在大学里的图书馆工作。”

“啊，难怪。”陈朋笑了，“你一点儿也不像老师，当老师的身上都有一股灰扑扑的味道，身上有一层粉笔灰似的。”

“不一定吧。”罗晶想说现在有些老师上课已经不用粉笔了。

“我是说那种感觉。就好像我们身上总有一股消毒水味儿，有时明明没有，但别人一知道我们是医生，我觉得他们的目光立刻变成了能闻到消毒水味儿的目光。”

罗晶笑了笑。

“你们说什么呢？”杜新颖在前方等着他们走近，“告诉你陈朋，别打罗晶主意啊，我跟李江波保证过要做护花使者的。”

“你做她的护花使者？”陈朋笑得很不简单，“你想办法护自己吧。”

杜新颖瞪了陈朋一眼，拉着罗晶走了。她有些激动，抓着罗晶胳膊的手指有些抖。

罗晶很懊恼，觉得陈朋真是卑鄙小人。他和李江波是同事，不至于愚蠢到打自己的主意，他讨好她的唯一解释是为了和杜新颖划清界线。

回酒店时，陈朋坐到了罗晶的身边，那个位置一直是杜新颖坐着的。罗晶很不自在，想换一个座位，又担心小题大做，被别人看出端倪反而不好。杜新颖照例是等所有人到齐后最后一个上车，她看见座位被陈朋占了，随便找了个位置坐了下来。

将近一个小时的路程中，罗晶专心致志地望着窗外，仿佛被外面的景色迷住了。蓝色的海随着旅行大巴的飞驰在视觉里变成了大幅的绸缎，被风吹起了一连串的褶裥。

他们在餐厅吃完饭才回房间休息。杜新颖心情不好，对男人们的玩笑话爱搭不理的。午饭的气氛很沉闷。回房间以后，杜新颖和往常一样打开了电视，但声音放得比平时响，仿佛是在提醒罗晶，她不想说话。

如果说在餐厅，杜新颖摔脸色是给陈朋看的，但回到房间里还沉着脸，那显然就是冲着罗晶来的了。罗晶觉得自己无端被卷入一件不干不净的事情里去了。下午去游览植物园，她说身体不舒服不想去了。

杜新颖睡了午觉冲了淋浴，又变得活泼开朗了，她硬把罗晶从床上拉了起来，让她洗脸搽防晒霜。罗晶体会出杜新颖的动作里有婉转道歉的意思，也就不好再计较别的了。这一折腾花了不少时间，她们下楼的时候，其他人已经在酒店门口等着了。

陈朋还坐在上午坐的位置上，身边的座位空着。罗晶到车后面找了个位子坐下，杜新颖最后一个上来，坐在陈朋身边。一路上，陈朋给杜新颖出脑筋急转弯，两个人有说有笑的。其他人也跟着帮腔，车里打情骂俏热闹起来。杜新颖的脸色一放晴，外面的阳光也格外灿烂了似的。罗晶望着窗外，觉得自己像被甩出来的人。

植物园建在山上，树木葱郁，但因为季节的缘故，绿得没什么层次。倒是一些供游客休息的木椅、草棚因为涂上了鲜艳的色彩，增添了一些观赏性。杜新颖边走边讲，男人们围在她四周，如同绿叶衬托鲜花。

罗晶落在人群后面慢慢地走，她看见新婚夫妇开小差，踅向一处种满了郁金香的路，便朝着与他们相反的树林里走去。

树林里温度一下子降了好几度，空气也清爽起来。罗晶的心情慢慢地沉静下来。

杜新颖虽然耍耍小性子，可这几天自己不也是在她的照顾下，才玩得很开心吗？明天他们就要回家了，有什么事儿是将就不了的。

罗晶想着心事，有人碰了碰她，她才扭过头来，不知道陈朋什么时候也溜了出来，手里拿着两瓶矿泉水，他递了一瓶给她。

“一个人在林子里不怕吗？”

“——有什么好怕的？”罗晶犹豫了一下，接过水。

“也许有蛇。”

“我不怕蛇。”

“那男人呢？像我这样的男人？”

罗晶看着陈朋，一圈一圈儿地拧着矿泉水瓶的盖子，有另外一种话语正从他的眼睛里面源源不断地往外流淌。

她喝了两口水，笑了笑：“你这样的男人？你是哪样的男人？”

“我是哪样的男人，这得由你来回答。每个男人在每个女人眼里形象都是不同的，打个比方说吧，在杜新颖眼里我还挺不错的，但你怎么看我，我就不得而知了。”陈朋朝罗晶靠过来，从树叶间隙漏下来的阳光好像都掉到他的眼睛里了。

罗晶的太阳穴突突突地跳着，仿佛有人在她的脑袋里面打鼓似的。她甚至来不及生气，很奇怪地看着陈朋，真是色胆包天啊，他和李江波是一个单位的，和杜新颖有不清不楚的关系，和自己一共也没说过几句话，他凭哪一点认为我是个轻佻的、可以随便勾引的女人呢？！

“你找错人了。”罗晶轻声说。

“其实，”陈朋盯着她，看出她是认真的，有些尴尬地笑笑，“我只是开个玩笑——”

罗晶没笑，转身往林子外面走。

“生气了？”陈朋在后面问。

罗晶没说话。

“——真生气了？”

罗晶还是不声不响。

“李江波也经常和女人开玩笑的，比我过分得多了。”

罗晶站住了。树林外面阳光像金色的大雨，晒得人睁不开眼睛。她把插在头发里的墨镜拿下来戴上。

“他在外面有很多女人呢，你不会一点儿不知道吧？”陈朋走到近前，“杜新颖也和李江波睡过。”

罗晶站在树林边儿上，眼看着陈朋的身影在阳光中变得白花花的，直至完全被融化掉了。如果不是手里握着矿泉水的瓶子，刚才发生的一切简直可以被当作是灼热的阳光给她制造的一次幻觉。

罗晶在一个凉亭里坐着，脑子里嗡嗡直响，和草丛里知了的叫声混在一起。她试着回想这几天来发生的事儿，除了李江波在机场时欲言又止的表情外，其他的印象都变得支离破碎了。

杜新颖跟李江波拍着肩膀，跟他保证说她会像保护眼珠一样保护罗晶。

“你可真是有眼无珠啊。”罗晶嘲弄自己。

手机响了，罗晶从包里掏出来看了看，屏幕上显示着杜新颖的电话号码。

“你跑哪儿去了？”杜新颖大呼小叫的，说了一个地点让罗晶赶紧过去跟大家会合，他们要从另一个出口下山回酒店。

罗晶走到约定的地点时，只有杜新颖一个人在等她。

“他们去参观飞禽馆了。”杜新颖指着不远处的飞禽馆给罗晶看，“我说里面的味儿让人恶心，劝新娘子别进去，但她说无所谓。她和她老公都快变成连体人了。”

罗晶根本没听清杜新颖说的是什么。她盯着杜新颖，她的脸在阳光中闪闪烁烁的，和灯光下不同。她的脸在灯光下面像女巫一样有股魔力。她们在一起度过的第一天夜里，她就在这张脸孔的诱惑下说了三年前她跟李江波在这里度蜜月的事儿，他晚上可以不停地做爱不说，白天在海边帐篷里也缠着她不放。他们的头顶上有人踩着沙石“啪嗒”“啪嗒”地来回走，罗晶担心别人听到李江波的喘息声，伸手捂住了他的嘴——在杜新颖的提醒下，那些往事连罗晶自己都有些意外，她从未想过这些事情那么完好无损地保存在她的记忆里。

虽然杜新颖喜欢赤身裸体，但真正赤裸的那个人其实是她。

“我快被晒昏了，”杜新颖低头看了一眼手表，“再有一刻钟他们才能出来，我们找个地方坐一会儿吧。”

离飞禽馆不远有一个山坡，山坡上有几棵树，像伞似的撑起一片荫凉。杜新颖拉着罗晶朝树下走去，最粗的那棵树下有两块石头，她们坐了下来。

罗晶打量着坐在她前面的杜新颖，她身上的这件T恤衫真的是李江波买的生日礼物吗？也许本来就是杜新颖买的吧。她送给李江波，凑巧赶上罗晶过生日他没有买礼物，就把它转送给她了。现在T恤衫绕了一圈儿，又回到了杜新颖的身上。罗晶由T恤衫想到被它遮蔽的身体，想到那两个未被太阳晒黑、宛若白色拳击手套的乳房，想到李江波曾经把头埋在它们中间——一股冷气像蛇一样从心底里涌上来，罗晶在36度的高温天气中忍不住发抖。

“——明天就可以把你还给李江波了。”

罗晶回过神儿来，听见杜新颖说的后半句话。

“你呢？还想去找你的情人吗？”罗晶问。

杜新颖背对着罗晶，沉默了一会儿，笑了：“我的情人可多了，你问哪一个？”

一个想法儿随着杜新颖的笑声钻进罗晶的耳朵里，然后在她的脑海里迅速地生根发芽，充满诱惑。她看了看四周，一个人也没有。在她们面前是一个很大的山坡，如果她假装跌倒把杜新颖撞倒的话，她会从山坡上一直滚到山下——

罗晶被自己的想法激动起来，神经像一根根乱麻朝着同一个目的拧紧变成一股绳子，只要飞起一脚——

这对杜新颖来算不上什么，她早就和男人摸爬滚打地炼出好身手了。罗晶想看到她啃一嘴草的样子，那些草根会让她尝尝苦涩是什么滋味儿。

理由后找都来得及。罗晶对自己说。

太阳晒得她头晕，她根本什么都没看清楚时，杜新颖就滚下山坡去了。事后她可以这么跟医生们说，这几天她和杜新颖的亲密关系他们都看在眼里，谁会怀疑她呢？即使陈朋有那么点怀疑的话，他也不会轻易流露的，他们是一条船上的人，拔出萝卜带出泥。

杜新颖突然站了起来，罗晶的心随着她的动作一下子提到嗓子眼儿。

“他们总算出来了。”杜新颖指着飞禽馆的方向说，她转头朝罗晶看过来时，愣了一下，“你怎么了？脸色煞白煞白的。”

杜新颖伸手过来摸罗晶时，她把她的手臂挡开了，不过力量不大，至少不足以把人推倒。

“你去哪儿了？”杜新颖身上裹着一条浴巾，用遥控器在调电视频道，“李江波刚才打过电话，我告诉他你跟男人幽会去了。”

“是吗？”罗晶在床边儿坐下，她也朝电视上面看，两个没有节目的频道显示出时间，差半个小时，就是新的一天了。

她的身体还处于兴奋的状态，不光是有一小瓶威士忌在她的肠胃里做祟，她的肌肤上面印满了陈朋的吻，就像树上挂满了树叶一样，她一活动，那些吻也变得生机勃勃的。今天是他们在这个城市里度过的最后一夜，晚饭后杜新颖带着大家去广场看街舞。罗晶说身体不舒服想回房休息，陈朋也跟杜新颖说不去。吃饭的时候他没什么精神，小心地躲避着罗晶的目光。

在电梯里罗晶跟陈朋提议开房时，他的表情好像听到了什么噩耗，变得僵硬了。她只好又重复了一遍。

“李江波怎么知道酒店电话的？”虽然身体上的倦怠不断地往上涌，但罗晶的理智却和身体作对似的保持着清醒。

杜新颖顿了一下。

“我打给他的。”罗晶笑嘻嘻地说，“在机场的时候他跟我说了几句悄悄话，让我做他的卧底，监视你的一举一动。看完街舞回来我发现你失踪了，这还了得？我立刻向李江波做了报告。坦白从宽抗拒从严，你今晚到底去哪儿了？手机也不开。”

“你不是说我跟男人幽会去了吗？”

“真幽会去了？”杜新颖望着罗晶，“我可当真了啊。”

“本来就是真的啊。”罗晶一脸认真，“你现在就打电话告诉李江波吧。”

“想拿我当传真机用啊？”杜新颖仿佛在嚼着嘴里的字，以确定它们的分量似的，慢吞吞地说道，“我才不干呢。”

“李江波对你那么好，你不帮他谁帮他啊？”罗晶笑笑。

“你喝酒了？”杜新颖朝罗晶凑过来闻了闻。

电视上的女人忽然尖叫了一声，虽然音量开得不大，也还是吸引了她们的注意力。那是个广告，女人睁圆了眼睛，又惊又喜。

“喝酒就像给脑子里的零件上油，平时想不明白的事儿喝了酒一下子就想开了。”罗晶笑着回答。

“真受不了你。”杜新颖笑了，“平时老板着脸，冷不丁儿开起玩笑来，谁知道你是真是假啊？”

"你跟李江波很熟吗？"罗晶等杜新颖笑完了，问她，"他从来没提起过你。"

"我跟医院里所有的医生都很熟。"杜新颖说，又开始揿遥控器，"我跟他们一起出去吃过几次饭，他们找我当花瓶。我无所谓，反正得吃饭，有机会白吃白喝不是更好？患者家属请客时个个都像百万富翁，什么贵点什么，病得不轻！"

罗晶与杜新颖从上飞机开始建立的友谊就像一件新衣服，刚刚合身就到了需要洗涤的时候，她们坐飞机返回时，这件衣服已经缩水，穿不上身了。

李江波在出口处接罗晶，杜新颖抢先一步冲过去和他拥抱了一下，她的胸部像两只枪口紧紧地顶着他。李江波一副被绑架的姿势，冲罗晶笑了笑。

"你昨天晚上怎么不在房间？"回家的路上李江波问罗晶。

"房间里有人。我进去不大方便，就去楼下酒吧坐了坐。"

"——这么说，"沉默了片刻后，李江波淡淡地笑了，"杜新颖又有新情人了？"

# 芬芳

我和芬芳成为朋友，是因为她在一个傍晚敲开了我家的门。

那时候我和阿怀住在一幢旧楼里，与另一户三口之家共用厨房和厕所。在我们所住这幢楼的旁边，有一幢新楼，它建成不久，一楼就被专营化妆品的“雅芳”公司买下来了。1994年，传销还是新鲜事物，正处于蓬勃发展的时期。在我楼下住着一个寡妇，性情很开朗，有一阵子阿怀迷恋卡拉OK，她上楼来找我谈过一次。

那之后不久，有一天我听见敲门声，打开一看，门口站着一个似曾相识的女孩子。我问她找谁，她说找谁谁谁。我说你找错了。临到关门时我犹豫了，我打量着站在门口的女孩子，她也用疑惑的眼睛望着我。我说我们是不是在哪见过？她笑了，说我也觉得以前见过你。我问她高中在哪儿读的，她说了，我们同时想起了对方。

我们在一个高中读书，但不是一个年级，那时候芬芳总穿着一套和年龄不太相衬的灰色套装，给与我在一个宿舍住的女生送东西。端午节送粽子，中秋节送月饼，平时也是鸡蛋香肠之类的，这是她身为班长关心同学的方式。我不喜欢那个女孩子，自然也懒得费心去管她的班长。还有，我觉得这种帮助人的方式也未免太具体了。如果有谁给我用饭盒带菜来，我会非常小人之心地首先担心这是不是别人吃剩下东西。

芬芳想找的人是楼下的寡妇，多上了一层楼，结果敲门敲出一个老校友来。我把芬芳让进房间来，和她聊了一会儿。有意思的是，上大学时，她曾在一家广告公司兼职了一年多，而我的一个很要好的朋友也在这家广告公司兼职。我说世界可真小啊。

后来我们的话题转到了化妆品上，芬芳说话轻声细语的，但没有一句废话。这让我觉得很惊奇。芬芳头头是道地给我介绍了一大堆雅芳产品，我问她怎么记得住那么多东西。她笑了，她说她只用了一夜的时间就把所有的产品背下来了。当时我对芬芳的话心存怀疑，但很快我就知道她说的是真话。

那时候我整天租带子看，睡眠很少，眼睛下面都黑了。芬芳警告我不要在三十岁以前就有眼袋，让我好好睡觉，同时给我推荐了两款眼霜。

我们很快就又见面了。芬芳给我送眼霜的同时还给我带来了公司配送的小礼物，东西不贵重，但表达着诚意。我把高中时住在同一宿舍的兰淇叫来，她和芬芳一眼就认出了彼此。大家有种他乡遇故知的开心。我们聊天时芬芳的手机一直响，她的下线很多，而下线们又发展了更多的下线。芬芳的情绪很高涨，给我们讲传销经验。比如说一个营销员到一个地方推销，产品卖出去后，一定要在最短时间内离开，以免买者反悔退货。芬芳把推销过程讲得像冒险故事一样，我和兰淇都很兴奋。兰淇还动了心思想亲自去试试。

那一个月芬芳赚了一万多块钱的奖金。这在当时是很大的一笔钱。她说她背着包去找她的男朋友老孟，拿出一沓钱给老孟看。芬芳给我们讲这些时，脸上带着孩子气的喜悦，让我们不由地觉得，钱真是好东西啊。这期间我也曾帮芬芳介绍过几个想买化妆品的朋友们，因为是替朋友做事，我的心态十分坦然，说起产品的好处也是头头是道。芬芳说我的条件很好，不做销售太可惜了。我说我心理素质不好，如果是为我自己推销产品的话，我就什么也说不出来了。那以后，芬芳再也没劝过我。

传销逐渐风行起来了，大家对此各持己见。如果我不认识芬芳，我肯定会对传销产生特别抵触的心理。广告虽然也有很多水分，但那是摆在明处的，而传销面对面，手拉手，难免会产生某种类似催眠的效果。

有一天晚上芬芳忽然带来了两个人来找我，进门后她先向我道歉随即解释说，之所以到我这来，是因为离公司近。我看她们身负重任的样子，说："没关系，你们请便吧。"

她们说起事情后，我很快听出个大概。她们三个人是目前公司里业绩最好的营销人员，但公司的主管却是一个脑筋不太清楚的女人，做了很多让人忍无可忍的事情，引起了公司员工的公愤。我对她们讲的事情不感兴趣，令我吃惊的是芬芳带来的这两个人。我原本以为别的传销人员也和芬芳一样，举止沉稳大方，言谈细致周密，态度体贴周到，她们能把东西卖出去总得先让人对她们有好感吧。但这两位显然不是这样，说话大大咧咧，作风泼辣，衣服也穿得不像样子，偶尔嘴里还出脏字。相对于化妆品公司，我觉得把她们放在菜市场卖鱼卖肉倒更合适些。

她们三个人起草了一份意见书，预备让其他员工们签上名后，提交给公司。我在旁边翻杂志，任她们你一言我一语地去商量，后来看她们的文字实在差得不像话，便起身替她们写了。当时我想，也许我的做法会让一个并未得罪我的女人失业呢。转而又想到，这事情和我无关，我只是帮她们理顺一下文字而已。

意见书写好后，她们准备离开时，芬芳很严肃地提醒她们两个人，说我代她们写意见书这件事无论如何不能让别人知道，以防将来出了麻烦把我牵连进去。她们俩连忙作了保证，其中一个女人还大大咧咧地说："我什么都不怕，这意见书你们就说是我写的好了。"

总公司对意见书的反馈很快就下来了，原来的公司主管被撤职。芬芳告诉我这个消息的时候，我问她想不想当公司主管。无论是遥遥领先的销售业绩，还是待人接物方面表现出来的得体大方，都使得芬芳具备了竞选主管的资格。但芬芳却说对这个位置不感兴趣。主管虽然算得上是白领阶层，但每个月的工资却是固定的几千块钱，而她目前做销售，每个月的收入都在万元以上，而且将来的形势还会随着下线队伍的发展壮大不断提高。

我想起她那天晚上带来的那两个人，她们已经是公司里的骨干分子了，却粗俗得像个家庭妇女。我很奇怪芬芳她怎么能忍受每天跟这样的人打交道。她笑了，一边赞同着我的看法，一边说传销原本就是家庭妇女们走街串巷发展起来的一种营销模式。我说如果我不认识你的话，我是绝对不会让任何人带着任何产品走进我的家门来的。比如说楼下的女人，她就是把舌头说成一朵花，我也不会买她的东西。芬芳笑了，她说："你会买的。这里面有很多微妙的东西，我没法儿一一解释给你听，但传销能这么红火，不是没有道理的。"我想了想，觉得她说得很对。我问她最初怎么干上这一行的？她说想赚钱，赚很多很多钱。

早在芬芳读书到公司兼职时，就有了这样的想法，毕业后她分配到一家不错的单位，干了不到一年就辞职下海了。刚开始她做的一个不太有名的小品牌化妆品，后来"雅芳"被大张旗鼓地推广起来，她就转到这边来做了。她对"雅芳"公司的前景和实力充满信心。后来在一个更为推心置腹的氛围里，芬芳对我说，她曾经参加过一个营销培训班，是交几千元学费封闭式授课的那种，她在那个班里学到了很多营销方面的诀窍。芬芳说这些的时候似乎还有很多不便于启齿的东西，那种训练班听上去很诡秘。

有了芬芳的提醒，我对她的举止言谈留意起来。我发现她从不拒绝别人，无论对方提出的是怎么样的一个难题，她都能笑脸相迎，而且似乎还总能给予对方合适的答复。芬芳看上去神通广大，一件事情从她嘴里说出来时，总是被赋予诚意和亲切感。每次有新产品推出时，她会给我们讲一讲，她的话从不让人觉得她在怂恿你，但每次我们都成了新产品的尝试者。对于一个陌生的环境，芬芳融入其中的速度也超出了我的想象。不知道从什么时候起，她开始和阿怀开起亲昵的玩笑来。每次打电话，如果是他接，他们俩会在电话里先开上一会儿玩笑，而我也越来越经常地从他们之间的玩笑里听出哪个电话是芬芳打来的了。

无论和谁打交道，芬芳都会成为一个能帮你解决生活难题的人。有一次我们所在的楼停水，当时芬芳在离我不远的地方租用一间两居室的房子，我们通电话时提到了停水的事情，放下电话后我发现水已经来了。等我把家里的水接满时，芬芳拎着半桶水来敲我的门。我想象她拎着水桶下楼、穿过马路、再拎上楼的过程，非常的感动。

还有一次我生病，她带我去找老孟的大哥看病，他是一家医院的神经外科医生。老孟的大哥对芬芳很好，像对待自己妹妹般的宠爱，而且对她经常带朋友给他添麻烦的事情也好像早就习以为常了。可我却不习惯于用这样的事情来麻烦别人。

芬芳的业绩像滚雪球似的越做越大，与此同时，她还开始往周边的城市跑，去开拓新的市场。我们见面的次数不像以前那么多了。后来她需要一个人手帮她管理日益膨胀起来的队伍。她对我说要把高中时候的同学李宇调来帮忙。李宇当时没有工作，过来在芬芳的手下干，每个月能有几千块钱的收入，应该算是很好的事情。

要帮助朋友。芬芳反复强调说。

李宇在高中时候与我和兰淇都是住校生，但我们不在一个寝室。

高中时我只和有限的几个同学有来往，对李宇这样的同学感到很陌生，印象自然也说不上好坏了。我对芬芳说帮助朋友也有很多方式，在高中时你和李宇关系那么亲近，如今一下子成了上下级，搞不好也许会破坏原来的友谊呢。芬芳沉吟了半天，说我说的很有道理。

但没过几天，芬芳打电话给我，说李宇来了，让我过去见个面。我约了兰淇一起过去，那也是我们第一次到芬芳租的房子里去，以往我们见面都是在我家里。我没想到房子里面会那么简单，几乎可以用简陋来形容。当时是冬天，很冷。芬芳租住的楼是一幢老日本楼，外型上看还是漂亮的，但里面就显得寒伧了些。那幢楼后来着火了，而且着火的那部分房子里，恰好包括芬芳当年租过的房子。那场火没有人员伤亡，又过了不长时间，整幢楼都拆了。

芬芳的钱赚得很多，光是她亲口提供给我们的数额已经不少了，但她的生活水准却始终与我和兰淇不相上下，有时甚至还要低一点儿。这倒无所谓，芬芳与我们不同，她志在创业，钱赚多少姑且不说，花销上与我们肯定是不同的。

芬芳是在对我和兰淇介绍“新活”产品时，首先提起她出过的一次事故。当时她刚从供销学校毕业，有一天骑着自行车从离我们就读的高中不远的地方经过，那条路很长，而且有一个相当陡的坡。芬芳根本没有明白怎么一回事儿，人就从车上一头栽下来了。她在那个陡坡上滚出好几米，差点儿被一辆“大解放”辗在轮下。后来她被送进医院，休养了半年才恢复健康，但脸颊上受过伤的地方，肌肉里的神经好像已经死去了似的，在她有表情的时候便会显得很僵硬，直到她用了“新活”，这种状况才开始改善。

我和兰淇盯着她的脸看，她不说的话我们一点儿也看不出她脸上的异常，但她这么一说，就真的觉出她的表情有些不对劲儿来了。

老孟第一次被芬芳带到我家里时，兰淇和她的男朋友长江，以及阿怀都在，屋子里坐得满满的。大家开玩笑时，老孟用脚在芬芳脸上碰了碰。我们全都注意到了这个细节，芬芳虽然也注意到了我们的注意。但她对老孟仍然很和善。

芬芳的业绩很快就到了可以出去旅游的阶段了。但她没去，是老孟替她去的。不光是那一次，芬芳把很多出去玩的机会都给了老孟。

随着芬芳业绩的发展，她在传销行业的知名度也不断增加。越来越多的人主动找她，请她讲课，或者请她推广某个产品。芬芳在省内其他几个城市设立了传销分店，一时之间，有种朋友遍布五湖四海的感觉。其中在我印象中最深的是一个叫小蔡的朝鲜族女孩，被一个韩国商人包养着，每次来我们这个城市，都住在芬芳那里。好几次芬芳在我家里时，接到她一遍接一遍的电话，小蔡是那种深更半夜了还跑出去泡吧的女孩子。

当“雅芳”方面的销售稳定下来后，芬芳又介入了“仙妮蕾德”的传销。她退了原来租的房子，改租了一个三室一厅的大房子。房子是我托朋友帮她找的。

芬芳对“仙妮蕾德”寄予厚望，决心要大干一场，她的大姐和大姐夫都过来帮她了。老孟则另外负责去做一个摇摆机的传销。所有的资金都是芬芳出的。他们那段时间忙碌得要命，精神头儿十足，我常常觉得芬芳就在我身边给我提供了一个白手起家的神话。

有一天芬芳特意把我叫到她的住处，让我感受感受摇摆机的好处。

芬芳的房子像一个大宿舍，外地有朋友来时，也大多留宿在她这儿。她们的床都是上下铺的，房间里面堆满了货箱，“雅芳”的、“仙妮蕾德”的，还有摇摆机的。这次因为租的房子比较大，她在客厅里布置出了一间现代化的办公室，很大的台桌，高背的转椅，电话传真之类的东西也一应俱全。这间一本正经的办公室在当时的环境里显得有些不伦不类，透露出一种舞台背景似的虚假。

我进门时老孟正坐在转椅上，双脚搭在桌边儿，看上去十分享受，对目前的生活很心满意足的样子。我再次明确了自己对这个人的厌恶。也因为他，我忍不住要重新看待芬芳，难道一个人的恋人不是她品位的最好证明吗？而芬芳一直对我强调说，当年她出事故时，老孟对她有多么多么好。

我和芬芳在一间屋子里说了会儿话，芬芳就打开了铺在地板上的摇摆机。她先上去躺着为我做示范，摇摆了半天。我看她像一条鱼一样地摆动，直想笑。我还发现她虽然脸孔长得小巧，身上倒很丰满。

后来她让我上去摇一摇，我拒绝了。

我没买摇摆机，虽然我的睡眠一直不好，也虽然我缺乏必要的运动。我对那个机器有排斥感。在我们单位，三个月前也有人在大力推销摇摆机，一个普通的摇摆机卖到3900块钱，营销中的第一轮回扣就有500块钱，现在芬芳推销同样的机器却只卖350块钱，我猜测这里面仍然包含着百分数不低的回扣。这样的产品如何能让人信任?

老孟做摇摆机的传销，一是为时已晚，二是经营不善，他在销售方面的能力与芬芳不可同日而语，那次投资芬芳说她至少损失5万。但她并不沮丧，她说想提供给老孟证实自己能力的机会，如果他能因此赚了钱的话，她也就放心地离开他了。

那一段时间芬芳处于亢奋状态，全身心投入在传销“仙妮蕾德”的工作上。每天傍晚她拎着“仙妮蕾德”带把的塑料杯子，穿过几条街来我家里聊天。她一杯接一杯地喝水，冲的当然是“仙妮蕾德”的茶，芬芳说她常常通宵达旦地熬夜，如果没有“仙妮蕾德”产品的支持，早就撑不住了。芬芳在提到她眼下推销的产品时，仿佛那是刚刚结识的情人，眼睛里面闪着光，语气里流露着惊喜，她说很后悔没有早一点发现“仙妮蕾德”。

那时候，关于传销的负面报道一天天多了起来，但我从来没把芬芳以及她所做的产品与那些负面的东西加起来，面对芬芳的脸，我做不到。

但实际上，传销价格问题即使是对像我这种金钱概念多少有些模糊的人，也变成了一个无法忽视的问题，比如说，“仙妮蕾德”最普通的柠檬茶也要卖到60块钱一盒，一盒里面不过是10个茶袋而已；用来泡茶的塑料杯子卖到85块钱一个。而数月后，这种杯子满大街都是，5块钱就能买下来。当然，传销人员要赋予产品非同一般的意义，他们会反复对顾客讲解，此茶与彼茶是不同的。一个茶包除了可以泡水喝，还可以浇花，可以治皮肤病，可以治痔疮，可以治脚气等等。有一天我去芬芳那儿，看见芬芳大姐的眼睛红红的，我问怎么了？芬芳说她的眼睛这一段时间有些不舒服，她让她用喝剩的柠檬茶水洗眼睛，看是不是有效。我问芬芳大姐有效吗？她说当然，眼睛洗过之后，清爽了很多。

我和她们开玩笑，说她们是神农尝百草。

芬芳说我气色不好，送了我两包五宝粉，让我调理身体，我觉得过意不去，又买了几包柠檬茶，喝了一段时间，也没觉得特别。

我的一个从小一起长大的朋友艳子到一家医院进修，想办法找到了我。我去看她，虽然生过孩子，艳子的身材仍然漂亮挺拔，和艳子同宿舍有一个胖乎乎的女孩子，想减肥想得快出毛病了。我对她说，我有个朋友是做“仙妮蕾德”的，有不少人正用她们的减肥产品呢。那女孩子很感兴趣，我就让芬芳抽时间去一趟。芬芳那一阵子忙着到外地开发市场，她让她大姐跟我去了艳子宿舍。

芬芳大姐很详细地为那个渴望苗条的女孩子讲解了半天减肥产品

的好处，还以身作则地为她做健美操的示范。我和艳子在一边看得目瞪口呆。我也是第一次亲眼看到她们向顾客推销产品。那天那个女孩子买了几百块钱的减肥茶。

李宇一直帮芬芳做“雅芳”方面的工作，为了让她尽快接手，独当一面，芬芳把自己的一部分下线拆下来补充到她为李宇建立的传销网络中。李宇作“雅芳”时，我和兰淇已经对这个牌子的化妆品产生了厌倦的心理。除非是打折打得多时我才会买一些，而且大都是用来送给朋友和家里的姐妹们的。

我跟李宇的关系也相对疏远一些。她不像芬芳，总是下意识地考虑说话的环境，考虑别人的立场和感受。李宇呈现出来的就是一个普通营销员的样子，而芬芳在推销时，几乎可以称得上是艺术家。

我不知道芬芳和李宇之间发生了什么事情，使得李宇突然离开了“雅芳”，回老家去参加公务员考试。说“突然”，其实只是给我们的感觉罢了。李宇在离开之前还是做了长时间的准备工作，不只是账目上出现了问题，而且还把当初芬芳费尽心机为她建立起来的网络拆开，转给了“雅芳”其他的营销人员，当然一切都是与利益挂钩的。

从局外人的角度，我认为她们之间有矛盾是很自然的。近一年多来，芬芳忙于开展新产品的工作，“雅芳”方面由差不多全由李宇负责。而李宇做实际工作的收入与芬芳吃网络回扣的收入是无法相提并论的，加上李宇整天泡在公司那个家庭妇女集堆儿的环境里，产生不平衡心理再正常不过。

芬芳被出卖，自然气愤异常，她专门回去找过李宇一次，对她们之间的谈话内容我一无所知，但那显然是一次失败的沟通。李宇拿走的钱也不可能再追回。等到芬芳能够心平气和地对我讲述这些时，早已事过境迁了。

一个新词被频繁地在传销界使用起来——分享。

芬芳第一次跟我说到“分享”时，我大惑不解，我问她分享什么？她说主要是感受。芬芳给我现身说法举了一个例子。说她很小的时候，曾经为自己家里穷，没有钱买漂亮衣服而苦恼。那时候不懂事，在同学们面前没面子，难免会在心里怨恨父母，怪他们不能让自己过锦衣玉食的生活。但许多年过去，到了今天，她非但已经能够完全体会出父母抚养自已的艰辛，而且还深为当初自己的那些想法感到羞愧。她决定用自己的努力建立一个美好的未来，自己的，还有家人的。

也许是当时的情境使然，也许是芬芳诉说时的语气，我为她的诉说掉了泪。我觉得那的的确确是芬芳倾吐心曲的一次，虽然其中也不乏包装的成分，但话语的内核是真实的。

我决定去参加一次她们的“分享”。

芬芳在一个学校租了一个教室做会场，提前到会场做了准备，把桌子椅子围成一个圆圈儿，那天的“分享”有二三十个人参加。芬芳是主要的讲解人。

平时我们在一起时，芬芳是一个细声细气的人，几乎每一句话都伴随着微笑，如果不是她从一开始就有那么出色的业绩在身后，我会把她划归到“小女人”之列。但是在“分享”会场上，我知道我错得多么离谱儿了。芬芳的声音非常亮，在众人面前毫不怯场；相反，众多的注视反倒激发了她讲演的欲望似的。她侃侃而谈，自信，坚定，一副大局在握的笃定神态。这下子我明白为什么有那么多的人请她去讲课了。

芬芳下来后，悄悄地问我怎么样？我说真是刮目相看啊。

老孟的大哥也是那天“分享”的主讲人之一。他好像不是第一次做这样的事情了，很从容的样子，慢条斯理地从医生的角度给大家讲了如今的人们有多么不健康，而人们在不健康的状态下又有可能引发出多少种疾病、有多少年轻人死于心血管方面的疾病、多少看似强壮的中年人实际上处于危险状态……而服用“仙妮蕾德”的很多产品正是缓解这些症状、减少发病的有效手段之一。

在座的人听得很认真，毕竟是正儿八经医院的正儿八经的神经外科医生援引了那么多的病例说出来的话，不由人不信。

老孟的大哥作完报告就走了，说是有手术，把解答产品的任务留给了芬芳。大家纷纷提问，有一个女人说她来这里是因为她的年仅十二岁的侄子得了糖尿病，她是抱着为自己的侄子寻找治病良药的目的而来的。她追问芬芳，是不是服用了“仙妮蕾德”产品就能治好孩子的病。芬芳讲解了五六种产品的性能，建议她用一段时间试试。那个女人却不理会芬芳的产品介绍，只是一味地钉住芬芳，让她保证说“仙妮蕾德”能治好孩子的病。如果能保证治好，她就会买产品，价钱高不高也都无所谓，买多少也无所谓。芬芳又强调了一遍产品的优异性能，让那个女人相信吃产品的好处。那个女人说如果你能给我保证，我自然会相信它们的好处。芬芳被缠得一时解脱不了。那个女人便在众人面前诉起苦来，她说家里人为了给那个孩子治病，什么方法都用过了，但效果始终不尽人意，但他们并不打算放弃。“现在，既然你们把‘仙妮蕾德’说得这么好，我也深受感动，所以我要你给我一个保证。”我在旁边插了一句，我说既然你那么多方法都试过了，又不打算放弃，那么多试这一种又有什么关系呢？那个女人没料到我会插话，愣了愣。

事后芬芳对我的行为大加赞赏，她认为我的应对能力非常出色，她建议我像老孟的大哥那样上台主讲一次，只要谈谈自己对产品的认识就可以。我说我做不了这事儿。

几天以后，从外地来了一个据说级别特别高的女人来讲“仙妮蕾德”的课，芬芳提前给我打了两次电话让我去听。我觉得她的热心难以拒绝，就去了。会场很大，差不多有一千多个人参加，芬芳是会场里面很重要的一个人物，不停地有人过来找她说话。我隔着人群看着她。她觉察到我的目光，对我笑了笑。

那个女人果然很能说，而且介绍产品之外着重讲了传销“仙妮蕾德”的奖金制度。在她的讲演中，豪宅名车似乎唾手可得。而她现身说法是，豪宅名车她非但早已拥有，就算到世界各地走一走看一看也是家常便饭。会场上的气氛热烈起来，从很多人的眼睛里发现光芒。大厅还是那个大厅，但现在看起来，似乎埋了一些宝物。

那个女人讲到最后，一边让听众们传送着她在世界各地的照片，一边放起了音乐，是成龙的那首《真心英雄》。当唱到“把握生命里的每一分钟，不经历风雨，怎么见彩虹，没有人能随随便便成功。”许多人都跟着唱起来。

“课”结束以后我们好几个人一起往外走，一个开着私家车的年轻女人过来和芬芳说了几句话。她们好像是生意上的合作伙伴。芬芳在和她打交道时气度雍容。她确实具备旁人不及的长处，在营销才能上无论从哪个角度要求，她都是出类拔萃的。我在车站等了一会儿，芬芳从后面赶了上来，她总是处于要同时应付好几个人的情形中，上了公共汽车后才有机会和我说上几句。

芬芳问我感觉怎么样。我说听起来挺玄的，名车豪宅，哪会是这么容易的事情。怎么不会呢？芬芳反驳我，给我又讲解了一遍奖金制度。最后她说，按她现在的发展，三个月后她就会有一套一百多平方米的房子。六个月以后，开上一辆“本田”或者“奔驰”轿车也毫不奇怪。她再一次感慨，她要是早一点认识到“仙妮蕾德”产品的可贵之处就好了。

接下来的一段时间我忙了起来，和芬芳联系得比较少。我知道她还带着一堆人在风风火火地干着，并且等待着三个月后见到她所说的那套房子。

很多事情都发生了变化。

先是芬芳去新马泰以及香港转了一圈儿，这仍然得益于她在“雅芳”的业绩。现在替她打理“雅芳”方面事务的是一个叫朝阳的女孩子。她是芬芳父亲一个朋友的女儿。朝阳年纪不大，但一脸聪明的样子，这个县城女孩儿在很短的时间内就完全适应了城市生活。

她在利润方面也有独到见解，即使对我们这样的朋友，也是明里笑脸相迎，暗里毫不含糊。在“雅芳”的折扣问题上，从芬芳到李宇，我和兰淇也经历了一个过程，先是8折，然后是7.5折，再然后是打到底线的6.7折。这件事情按说也让人心里不舒服，但毕竟和芬芳做朋友那么久了，全当是吃饭时多买两次单，何况芬芳待人接物有另外的体贴方式，这也是不单单能用折扣就遮蔽的。朝阳年纪比我们小很多，她没上学，进入社会的时间却比我们提前了很多，她接手“雅芳”后，把折扣又提回到7折，解释的理由当然也很充分，但这已经无所谓了，我和兰淇早都已经彻底告别“雅芳”产品了。

三个月过去了，“仙妮蕾德”这边并没带来房子和车子。芬芳给我们说了一些客观条件，但她的信念仍然是坚定的，至少她是这样对我和兰淇表现的。但问题是显而易见的。有一批价值10万的货物在深圳损失掉了，负责发货的人与芬芳家里关系很近，对这件事情的合理解释只能归结到两方面：一是发货人监守自盗，二是货物是从香港那边走私过来时遇到了麻烦。

全国上下都开始声讨传销了。“新闻联播”、“焦点访谈”每天都推出一些事例教育广大消费者要提高警惕。这种时候只要是做传销的，在常人眼中都必然会带有欺骗的色彩。我替芬芳担心，虽然她对媒体的宣传导向还保留着自己的看法，但在当下的情形中再图发展，显然是不现实的。

老孟家里建议他们结婚，而芬芳家里则旗帜鲜明地表示不接受老孟。

那段日子芬芳过得很艰难，她从来不向我们诉说事业上的困难，如果表达苦恼心情，大多是谈论感情上的问题。老孟的爱情成为芬芳的“鸡肋”问题，毕竟两个人也相处好几年了。有一次我们谈到这事儿，芬芳问我该怎么办？我说你问我还不如问你自己。我心想她是揣着明白装糊涂，只要自己把事情想清楚，作出决定就行了，何必征求别人的意见？

芬芳苦笑。那一时刻，我觉得作为朋友，我还有兰淇，可能过于想当然了，爱情是两个人的事情，他们之间的感情如何不是我们所能体会的。我们可以不喜欢老孟，但我们没权教唆芬芳与老孟分手。

芬芳和老孟到底还是分手了。

传销虽然江河日下，但芬芳以往的努力并非没有意义，在她休整的阶段，不时有人来找她做产品，也有一些地方请她过去工作。她选择了到一家医药公司作一个部门的主管。但只做了三个月就退出来了。芬芳的解释是每个月三四千块钱，无法让她满足。

其后她代理了法国一个名叫“丑妞”的化妆品，这种化妆品主要在美容院里推广，和以往做市场不太一样。“丑妞”做了一段时间，芬芳又放弃了。因为“丑妞”这个品牌最好的产品是童装，而不是化妆品。

祸不单行，这一年的冬天，芬芳大姐出车祸摔伤了腰。

芬芳把手里所有的事情都放下了，专心处理大姐养伤、评残等诸多事宜。她回家待了一段时间，回来后问我记不记得高中时候的校友力东。

力东这个名字我是记得的，知道他是美术生，但长什么样儿我却没印象了。当时他们美术生干什么事情都拉帮结伙的，我只知道在这些人当中，力东的专业是很出色的。

芬芳的语气里没有说出来的东西引起我的兴趣，我问她和力东之间是不是有一些什么了？她笑了，承认他们正在交往。但力东毕业后一直在北京发展，他们天各一方的，每天晚上靠热线电话谈情说爱呢。

我说不如去北京专心谈场恋爱吧，换换环境，看看书充充电，在你下一个机会来临之间做些准备不是很好吗？再说像力东这样的男人也是值得争取的，光靠电话终究有些不踏实吧。

芬芳很用心地发展她与力东的关系，与老孟不同，她面对力东是有紧张感的。她真的去了北京，过了一段闲散的日子。每个月芬芳都要回来一趟，处理“雅芳”方面的事务和一些其他琐事。朋友们见面的机会少了一些，但感觉上，她并未走得太远。芬芳在这段时间读了一些书，她对销售方面的兴趣仍然不减。有一次她对我谈起美国的一个牌子，希望将来能有机会进入到那样的大公司里锻炼锻炼。

半年的时间过去了，芬芳大姐的身体慢慢地有所恢复，养病的同时也能帮她做一点儿事情了。就好像是命运对芬芳不断地进行考验似的，“雅芳”那边又出了问题，朝阳的账目不清已经不是一天两天了，芬芳以前闲聊时也跟我说起过，几次都说等到她大姐的身体基本恢复后，她就让她大姐和朝阳对账。但这天真的来到时，却为时已晚了。

朝阳在毁掉了账本后，卷带着一万多块钱现金回老家去了。

芬芳和我说起这事儿的时候，一直在谴责自己。这毕竟不是第一次了，李宇的前车之鉴教训还不够惨重吗？

我不知道该说些什么，我担心事情并不单纯，也许里面有一些我所不能了解的微妙。但无论如何，我不能认同朝阳这种卷款一走了之的方式。芬芳这一次也像上一次那样回去见了朝阳一面，她向朝阳父亲讲了朝阳的所作所为，但收效甚微，朝阳已经先给了他们更有力的解释。

芬芳说她彻底伤心了。

我说人是会变化的，李宇也好，朝阳也好。不管你给她们的收入如何，当她面对你能挣到更多的钱时，产生不平衡心理是必然的。

这一次芬芳让她的大姐夫接管了“雅芳”方面的事务，经历了两次震荡，加上“雅芳”方面经营方式的转换，芬芳离彻底脱离“雅芳”的日子也不远了。

芬芳专心地为她大姐跑了一段时间评残的事情。评残结束后，她又回到北京待了一段时间。

我们中断了联络，有一天我在电信局办事，竟然与芬芳不期而遇了。她看上去很有精神，头发剪得短短的，穿着打扮是典型的白领。

芬芳满脸喜色，对我说刚刚换了一个手机号码。我说换号码干吗？不打算回北京了？她说暂时不回去了，有事情要做。她拉着我陪她去银行里存钱，一边走一边给我讲她要在东北地区为一家名叫“丝昂”的化妆品做代理的事情。我说到处都是化妆品，能做得起来吗？现在已经不是“雅芳”时代了。芬芳很有信心地说：“没问题。你知道我一向是最擅长做销售的。”我说：“你有劳碌的瘾啊？在北京过谈情说爱的日子不好吗？”芬芳像小女孩儿一样笑了，她说没办法，闲起来更难受。我问她和力东相处得怎么样？她说很好。他们每天晚上在网上聊天。我说你们还真是紧跟时代步伐。芬芳笑着说："长途电话费太贵了。"

我们走进银行，芬芳从包里掏出几沓人民币，差不多三四万的样子，存进银行里做备用金。我说你总是这么信心十足，真服了你。芬芳点点头说："我一想到要做事情，就觉得全身充满了力量。"

芬芳带着她大姐开始了新一轮的创业。我们不常见面，但我知道她创业的方式与当年做"雅芳"时，手法大同小异。她很多时间都在外地，忙于建立分店，偶尔我们约到一起吃顿饭。每次吃饭，她都有好消息通告我：产品如何如何过硬，市场如何如何正在打开局面，公司对她的业绩如何如何满意等等。看着她眉飞色舞的样子，我笑着问她："你是喜欢做销售的吧？""赚不赚钱倒在其次。想起销售，我的脑子里就像有很多轮子在飞快地旋转。"芬芳一边说一边用手指头在太阳穴附近画圈圈，"不过，我也很想赚钱，赚很多钱。"

有几次我到公司去找芬芳，看着公司里的员工们做销售。她们轮番到大街上挑选年龄适合的女人介绍产品，如果她表现出了对产品有兴趣，哪怕只是一点点，也会被她们及时捕捉到。销售员会想尽办法把她请进专卖店来，给她做免费的护肤。她们在为顾客做护肤的同时，好言好语地介绍产品。如果顾客对她们介绍的产品不打算购买的话，她们的护肤就会无休无止地做下去，所以落到她们手底下的人难免都会最终做出妥协，哪怕只是为了能离开这里也会掏钱买上一两件东西。

我跟芬芳说：“你们的销售手段太吓人了吧？哪里是促销，分明是绑架嘛。”芬芳笑着说：“她们的方式是不太好，我会提醒她们的，但是我们的产品确实很好，是很过得硬的。最近我们刚刚推出了一款夜用保养霜，产品拿到撒哈拉沙漠里做过实验，傍晚时分放到沙漠里，清晨去看时，产品表面凝聚了一层水珠儿。”芬芳的手在我的眼前比划了一下，“这款保养霜能把空气里的水分抓过来。”

我有理由相信芬芳的业绩做得很出色，公司很快就把她个人最初垫付的资金抽出来还给她了。现在，全部的资金都由总公司方面出，他们对东北市场寄予厚望。芬芳每天下班后比员工们晚两个小时离开，她和总公司方面相熟悉的同事打打电话，沟通感情。公司的人际关系很复杂，像东北这么山高水远的地方，光靠每个月一次的例会，交流得不够。一旦有风吹草动，就容易成为众矢之的。芬芳的愿望是将来有机会调入北京，那是一个更广阔的市场，而且能和力东在一起。每个月芬芳把四天假期攒到一起，飞去北京与力东相聚。他们的这场恋爱从一开始就来得格外昂贵，但这种浪漫也很让人羡慕。力东偶尔也会过来，有一次芬芳突然打电话给我，让力东跟我说话。

原来是有人请力东为杂志做设计，他问我收费的情况。我们聊了几句，我极力想从他的声音里想象出他的形象，但不成，一想就是一大堆美术生忽啦啦来去的样子。力东讲话时和芬芳一样，语气温和，很有礼貌。

过了差不多一个月，芬芳有一天中午找我一起吃饭。她刚从北京回来，穿职业装，很白领的样子。她想跟我了解刊物发行的情况。起因也仍然是力东为杂志搞设计引起的。那家杂志社与力东所工作的公司在同一个写字楼里，芬芳白天去公司陪着力东。力东作设计时，她与杂志社的主编闲聊了几句，得知他们在东北还没有太好的发行网络，芬芳便想往这方面做一下尝试。我说你怎么做得了呢？现在的工作已经忙得团团转了吧？她说要从一家很熟的广告公司里选两个人跑市场，她只在宏观上调控一下。

我说别忘了李宇和朝阳的前车之鉴啊。她说不会的，她会想办法控制的。我说："看你文文静静的，怎么野心那么大？"听了我的话，芬芳露出惯常的笑容，温柔而调皮。

没过几天我办事时经过芬芳的公司，上楼去看了看她。她每个休息日都像正常上班一样待在公司里，没有工作就抽空补习外语。我们只聊了几句就被人打断了，是两个看上去很朴实的女孩子。我告辞出门时，芬芳低声说了一句："她们就是我从广告公司里选出来的发行人员。"我问她："已经定下来了吗？"芬芳说差不多了。

等电梯时我想，也许哪一天芬芳会指着一个几十层的写字楼告诉我，这楼是属于她的。

有一天晚上芬芳打电话来，说想给她大姐买个按揭的房子。如果说芬芳还能依赖谁的话，我想就是她的大姐了。我建议她买有房产证的旧房，以她大姐目前的经济状况，每月近两千块钱的按揭，压力太大了。芬芳笑笑说："我再好好考虑一下吧。"她接着问，"我们有多久没见面了？"我说一个多月了吧？她说改天见个面吧，秋天转眼就过去了，现在已经初冬了。我说再见面时我们吃火锅好了。

两天以后，我在夜里接到芬芳大姐的电话，她问我认不认识脑外科医生？我说找兰淇呀，她老公不正是脑外科的医生嘛。我把兰淇电话号码给了她，她说谢谢。我说谢什么。收线后我看了一眼表，已经是凌晨两点钟了。

从我们认识的那天起，芬芳就是一副乐于助人的形象，她像个蜘蛛一样编织了一张网，随时准备把陷入困境的朋友打捞出来。

第二天一早我接到兰淇的电话，约我去医院。我说好端端的去医院干吗？她很奇怪地问我，芬芳把头摔破了你不知道吗？我想起昨夜的电话，我说难道是芬芳摔了头吗？兰淇说："可不就是她嘛，昨天夜里芬芳大姐打电话给我，说到一半就哭了。偏偏长江昨天值夜班，他这人就是这样儿，有事儿时从来指望不上。"我说那赶紧去看看吧。

我们约在医院门口见面，除了兰淇、长江，姚那也来了。姚那早几年就下来做了医药代表，和医院里的人熟络得很。我们往神经外科进时被拦住了，姚那笑嘻嘻地说了两个医生的名字，说我们是来找他们谈事情的。把门的人上下看了看我们，放我们进去了。

神经外科的走廊乱成一团。一个男人躺在担架上，人事不省的样子。兰淇和姚那让我等着，转眼就不见了。最先进去的长江也没影儿了。我孤零零地站在走廊，不知该往哪间病房走。两个护士来到担架旁，给那个男人剃头，估计是要上手术台了。家属们围在身边，走路的人得擦着他们后背才能过去。

我觉得有点儿头晕，医院里的混浊不清的气味让我恶心。长江突然又出现了，他把我拉到窗口，虽然是冬天了，可有个小窗子还开着。他说我脸色很难看。

冷风吹得我清爽了一些，但仍旧很不舒服。兰淇和姚那从医生办公室出来，朝我们走过来。我问芬芳在哪个病房。兰淇说了一个名字，我没听懂。她就向我解释，是危重病房。没等我追问，她自己先说道："芬芳怎么会进危重病房呢？不就是摔了一下吗？"

我们刚走进病房，芬芳大姐就扑过来紧紧地抱住了我："天啊，芬芳如果有个三长两短，我可怎么办啊？！"芬芳大姐在我怀里哭泣着说。我往病床上看，芬芳躺在上面，七八种仪器的管子加在她身上。她甚至连呼吸也没有了，嘴里插着一个呼吸器，胸部的一起一伏全靠着它。

医生已经下病危通知了，让我们准备后事："我该怎么办啊？没有芬芳我还能活吗？”芬芳大姐说道。她的身体异常紧张，似乎随时能抽搐起来。

兰淇抽出给芬芳的片子，拉着长江出去了。姚那也出去找熟悉的医生打听情况。值班医生把芬芳大姐叫走了，一时之间只剩下我一个人。我看着躺在床上的那个人，是芬芳没错儿，但又分明不是她。在印象里我好像连芬芳感冒的样子都没见过似的，在朋友面前，她连疲倦的神态都很少流露。

前一天晚上，芬芳跟她的几个同学一起吃饭，那是一家很有名的火锅店，他们喝酒喝到12点钟，芬芳和另外一个男生是最后走出来的。当时服务员不在，他们沿着走廊的另一个方向、顺着为员工们提供的楼梯走下去了。下楼时经过一个三米高的平台，没有灯光照明，也没有人为他们指路，两个人一起踏空了。芬芳的同学只擦破了点儿皮，而芬芳当时就失去了知觉。半个小时后她被送到就近的医院，她的一个瞳孔已经放大了，医生先给她插上了呼吸机和氧气机，然后才上台手术。芬芳受伤的部位是脑干，是神经外科的手术禁区。

芬芳大姐回来了，拉着我的手说：“昨天下午我在专卖店里呢，芬芳忽然来看我，她说晚上要和同学一起吃饭。我说那就去吧，早点儿回来。她说好，临出门前，她扭回头来看我，冲我笑笑。店里关门后我回到家，心里觉得空落落的。以前，芬芳整天飞来飞去的，留我一个人在家里，我从来没有觉得家里空，但昨天晚上不知道为什么，我心里空得不行。我给她打电话，可她的电话欠费停机了。我只能等。越等越心慌，后来，下半夜一点多了，终于等来芬芳同学的电话，他们说芬芳摔了一下，现在在医院里。我赶到医院，他们对我说对不起，我往走廊上一看，天啊，我当时就昏过去了。”芬芳大姐紧咬着嘴唇，身子哆嗦着。我抱住了她，她随时都能再晕倒。

我看着血压计上的数字，芬芳高压才二三十，我对那些数字变得没感觉了，它们和芬芳完全没有关系似的。芬芳公司里的主管在旁边听到芬芳大姐的话，她也说：“昨天夜里我心烦得要命，完全没有理由地心烦，想发脾气，想砸东西。我不知道为什么会这样，根本没有人、也没有什么事情惹着了我呀。后来我接到了电话，听说芬芳出事了。”

“你们别说这种话了好吗？”我对她们两个说。我觉得她们所说的这些话比血压计上面的数字，比插在芬芳嘴里的呼吸机更让我害怕。

兰淇冲我使了个眼色，让我到走廊里去。长江和姚那也都在。他们三个都是学医的，当过医生，还能够遇变不惊。“没有救了。”长江说。“不能把受伤的神经接起来吗？”我问。长江叹了口气，他说：“脑干就像豆腐脑，神经像豆腐脑上面撒了一些胡椒面儿，它们不是像线头儿一样的东西想接就接的。”我呆呆地站着，过了半天我说：“也许会有奇迹呢，芬芳的意志力一向很强，我们这些人当中如果有谁能够创造奇迹的话，那一定就是芬芳了吧？”他们三个人都望着我，他们的眼神儿一模一样，那是医生打量着病人或者病人家属的眼神儿。我闭上了嘴，我知道无论我现在说什么听起来都是愚蠢的。

芬芳大姐出来找我，说医生让赶快料理后事。

我们去给芬芳买衣服吧，不买寿衣店里的衣服，买她喜欢穿的衣服。芬芳大姐边说边流泪。我叫兰淇和我们一起去，万一芬芳大姐有什么状况，她还能帮上一把。

我们在商场里逛，芬芳大姐一直在流泪。她的样子引得很多人扭头看她。衣架上面的衣服看上去非常奇怪，似乎我们不是在买衣服，而是有几件衣服特意地在那里等着我们去挑。我指了几件衣服，芬芳大姐都摇头说不，款式、面料、肥瘦都不对，我们变得前所未有的挑剔。我看到一款浅米色的风衣，指给芬芳大姐看，她竟然一下子就相中了。兰淇付款时，我扶着芬芳大姐在为顾客休息预备的沙发上面休息，我盯着衣服上的商标——“思凡”，心里感到万分绝望。

第一件买下来，其他的就变得容易了。我们买了套装，买了两套纯棉的内衣，不知道该不该买羊毛衫羊毛裤，办这类衣服，民间是有很多说法的。买鞋时，兰淇的手机响了，是医院打来的。兰淇接电话时泪水忽然夺眶而出。芬芳大姐朝她扑过去，问她芬芳是不是已经……兰淇说不是，是芬芳的血压上升了。她是因为一时高兴才流泪的。芬芳大姐不相信，一下子瘫在地上，她说：“你们不要这样安慰我，虽然你们是好心，可是，你们不能这样骗我。我要去找芬芳。”她忽然跳起来，朝外边冲去。我跑过去抓住她，我说兰淇不会骗人的，我们到医院只不过需要十分钟，她没有理由骗你。但芬芳大姐已经昏倒在我怀里了。兰淇拎着一大堆购物袋出来，我们扶着芬芳大姐上了车。到医院后，芬芳大姐扔下我们就往楼上跑，我站在楼梯上感到头晕目眩，好像几个小时以来不是我扶着芬芳大姐而是芬芳大姐扶着我似的。兰淇拉了我一把，问我还行吗？我说行。我们又上了一层，我站住了，我问兰淇："你没骗我们吧？真的是芬芳的血压上来了吗？"兰淇说是，电话里是这么说的。

血压真的上来了，现在高压到了七八十。我的眼泪一下子涌出来，拉着兰淇的手说："我说过有奇迹的吧？我说过的吧？"兰淇的眼睛也红了，她点着头说："是，我也相信会有奇迹的。"

芬芳的情况稳定了些，我们回了趟家，晚上我和阿怀，还有兰淇、长江一起吃饭。我们谁也吃不进去，对着桌子上的东西发呆。怎么会这样呢？阿怀不停地问。我们谁也不回答他。

吃完饭我们们去医院，力东已经赶来了。他坐在床边儿，拉着芬芳的手，尽管他在我的记忆里一点儿印象也没有，但我一下子就知道他是力东。我告诉他我是谁。他恍然大悟地看着我。我说我们有很多次机会差一点儿就见面了，但都没见上。想不到终于见面了，却是在这样的情境下，力东的眼睛一直是湿的。他说："昨天夜里我看了一则笑话，特别特别好笑，我想讲给芬芳听，给她打了好几通电话，她的手机不通，很晚了也没回家。快两点钟时我想睡觉，但怎么也睡不着，后来我索性就起来了，放音乐听。快天亮的时候，我接到大姐打来的电话，她说芬芳摔坏了。我订了飞机票，剩下的三个小时里我把家里里里外外地收拾了一下，我要带芬芳回北京，进家门的时候希望她能夸赞我。”力东冲我笑笑，眼泪顺着脸颊淌下来，他也没伸手去擦。

阿怀待了一会儿就到走廊站着去了，他是我们当中身体素质最好的，但生病打针是看见针头都能晕过去。长江检查了一下输液，发现护士给挂错了一瓶，连忙去找值班医生。后来，他和兰淇又发现芬芳的一条胳膊骨折了。

我们待了两个小时，不时有听到消息的人来探望芬芳。临走时，力东问长江会不会有奇迹。长江说当然有奇迹，如果你们都坚持不放弃的话，也许会有奇迹。力东说决不会放弃的。长江嘱咐了一些夜间护理需要注意的事情，然后我们离开了。在出租车里我问长江，芬芳身上的奇迹是什么？长江说以目前的状况看，最好的结果是变成植物人。

第二天上班前我先去医院。走在楼梯上时，心里觉得很空虚，没有兰淇他们在身边，万一结果出乎想象的话，我不知道我能不能应付得来。

芬芳的情况很稳定，血压在七八十左右。我长长地松了口气。芬芳的家人全都来了，老人的悲伤不言而喻。力东家也来了好几个人，在她的病榻前面支了一张折叠床，给护理人员休息用的。

我赶去上班，单位的人看我气色不对问我是不是有什么事情。我犹豫了一会儿，对他们讲了芬芳的事情。不是说“说破”吗？也许多说说，就能把坏运气“破”掉了。

下班后我直接去医院，见到芬芳的父亲。芬芳以前总是和我提起他，他们父女的感情非常亲密。他的确如芬芳所说，是个很坚强、识大体的人，他从来没在众人面前失态过，但我能感觉出他是最悲伤的人。

我跑去看血压计，这是我唯一会看的仪器。血压升到了一百二十左右。我高兴极了。芬芳父亲也很高兴。不断有人进来，我就先出去了。在外面，看到芬芳大姐和兰淇，我笑着问她们，你们看见血压上升了吧？芬芳大姐拉着我的手哭了。我问兰淇怎么了？兰淇叹了口气说，医生宣布脑死亡了。怎么会呢？刚才我在里面看见芬芳好好的，连血压都上来了。兰淇又用医生的目光看着我了，我就把嘴闭上了。姚那也来了。

我们是不是和芬芳的父母谈一谈？从医院出来时，兰淇和姚对我说，这样下去是没有意义的，每天几千快钱的费用，和打水漂儿是一样的。我说别谈了，至少别现在谈。我不相信没有希望，她们说的话和我所看到的情景是有分别的。

会不会有奇迹？坐上出租车后我又追问他们。她们说也许会有。

临睡觉前我和阿怀聊天。我说芬芳一直那么努力，如果早知道人生会是这样的，何必那么拼命呢。阿怀说你不能这么想问题。我也知道我很愚蠢，但没办法不这么想。什么叫瞬息万变？什么叫旦夕祸福？很多事情只有真正走到眼前才能让人明白。

我问阿怀，为什么芬芳出事时我毫无感觉呢？甚至连芬芳大姐打电话给我时，我也压根没想过出事的人是芬芳呢？而别人却是有感觉的。阿怀说，这是意外事件。

我们沉默了一会儿，我让阿怀关灯睡觉。

当黑暗来临时，我的悲伤突然变得无法抑制。刚刚过去的两天就像一场噩梦，现在我才明白发生了什么事。我使劲儿咬着嘴唇，尽量不发出声音。但阿怀还是感觉到了，他伸出手朝我的脸上摸了一把，说，想哭就哭吧。

我坐了起来，把头整个埋进被子里，放声痛哭。

我终于知道芬芳走了，再也不会回来。

太阳出来以后，希望也又跟着回来了。我约了兰淇一起去医院。

芬芳还是老样子，但并未恶化。

在她的病床前站着一个穿黑大衣的女孩子。神情高傲，眼睛只看着芬芳一个人。后来一个男人进来找她，她对芬芳父亲说一会儿再来，就离开了。力东跟我说她叫小蔡。我点点头。以前我接过几次她打给芬芳的电话，她的声音也是傲慢的。

我们从病房里出来，天气变得一天天冷起来了。正是一年之中最让人感觉凄凉的季节，我和兰淇在路上走。“刚才我去找医生了，让他们帮芬芳把骨头接上，那医生觉得我的要求很可笑，人都这样了，还想着接骨？”兰淇对我说。我说：“你当医生的时候也这么对待病人吗？”她说没有，随即又强调说：“道理是一样的，这种治疗毫无意义。”我说：“芬芳也许真会变成植物人呢，你看现在她的血压一直很稳定。”兰淇说：“芬芳一直注射着升压药呢。她的脑干受损伤，但身体还是健康的。可即使事情出现了最好的结果，芬芳真的变成植物人又怎么样呢？维持一个植物人的费用是很高的。”我看着兰淇，我知道她所说的都是对的，但我还是希望芬芳变成植物人。这个愿望与其说是为了芬芳，还不如说是为了我自己的感受。

我再去医院的时候，芬芳大姐悄悄告诉我，给医生塞了红包，从今开始给芬芳用好药了。力东贴着芬芳的耳边给她唱歌，试图唤醒她。他的乐感非常好，会唱很新的歌儿，有一些歌在唱之前他会对芬芳说上几句话，比如说，这首歌是你最喜欢听的，或者是，这首歌我教了你一半，不知道你现在学没学会？他一直唱一直唱，连个招呼也没和我打。

我和芬芳大姐站在旁边看着他，芬芳大姐对芬芳变成植物人已经很有把握了。她说她会照顾芬芳的，以前芬芳大姐老是跟她说，离不开大姐，走到哪里都要大姐陪着才行。芬芳大姐说：“你看，芬芳可能自己也意识到她需要我照顾，所以才这么说的。”

力东忽然跳了起来，指着芬芳的脸对我们说，你们看看，芬芳是不是流泪了？我们一下子全都凑过去，朝芬芳的眼睛看。她做完手术后，眼睛一直是半睁半闭。力东这么一说，我们也都有觉得芬芳的眼睛有那么一点儿不易觉察的湿润。大家兴奋起来，力东抓起歌本说，我再接着唱。他说完就又凑近到芬芳的耳边唱了起来。

从出事的那天开始，芬芳的家人就一直在找算命先生算卦。卦是空卦。算命先生的解释是人不在家。还有一个郊区的女人，据说极有功力的，千辛万苦地把她请了来。她围着芬芳看了看，说早点儿找她就好了，她说芬芳的魂儿已经走得很远了。芬芳大姐问有没有办法，那女人说，如果她能动一动，哪怕是手指头脚指头能动一动的话，就再去接她吧。

我说废话，如果能动就说明芬芳恢复了知觉，有了知觉还用得着她？芬芳大姐说，事情到了这一步，就只能见佛就拜了。医院催着她去交款。她说前天刚刚交过两万，当时她还对收款的人嘱咐，说万一钱不够了没来得及通知她，也千万别停药，她很快会把钱续上来的。我说你从哪儿弄来这么多钱呢？她说已经找好亲戚贷款了，就是砸锅卖铁，我也要把芬芳这条命抢回来。

出门后兰淇说，芬芳大姐的想法太幼稚了，按目前的状况，卖了房子也不过能顶个三五天，砸锅卖铁又有什么用呢？我说这能解决心理问题，所有的努力都不放弃，做到极限以后，自然就有结论了。

三天以后，我和兰淇本来约好下午去看芬芳，但中午忽然接到她的电话。我的心一沉，果然兰淇对我说，芬芳大姐刚刚打电话让大家都过去，芬芳要走了。我好半天说不出话来。兰淇说，芬芳手术时缝的线一直没有愈合，其他的器官也逐渐坏死了，实际上，她早就走了，拖下去毫无意义。

那天恰好是入冬以来的第一场寒流，天冷得不像话。我们赶到医院时，芬芳还躺在床上，但已经换好了我们为她买的衣服，身上被一条被子蒙着。曾经我以为那些衣服白买了，可没想到最终还是派上了用场。

十六天。有人说道。

从出事到结束，芬芳在医院里躺了十六天。我们期待着芬芳为我们创造奇迹，就像她以往那样。但她没有。也许她也有很多无力的时刻吧，她从不在我们面前流露，我们就忽略了。我们在停尸间的门口给芬芳烧纸，力东买了很多很多纸，堆得像座小山。那么冷的天，他只穿了一件毛衣，浑身都在颤抖。有人往他嘴里塞了一支香烟，他的嘴唇哆嗦着，连烟都咬不住了。有人把自己的夹克脱下来，硬穿到他的身上。

老孟也来了，神情萧索地站在人群外面。

火苗像绸子一样飘荡着，偶尔会借着风势突然窜起来，朝围成一圈的某个人扑过去。芬芳早就和我们告别过了，现在，是我们在和她告别。我们轮着说话，说了很多话，也不知道芬芳已经走得那么远了，还听不听得到？

仿佛依稀

苏启智他们是下午三点多钟到的。时间挺尴尬，喝杯咖啡的功夫，刚好续上晚饭，不一起吃吧，新容最怕撒谎，心里编得口是口萎是萎，一开口就成了蛛网，黏腻虚飘，破绽百出。

梁赞提前一个星期回来了，昨天新容还收到他从乌鲁木齐发来的短信，说想家想得快找不着家门了。她说那多好，处处无家处处家。他回短信骂她："狠心的女人，就那么想拒我千里？"

梁赞进门时，苏启智的电话刚打进来。新容一时分了神，目光落在梁赞巧克力色的皮肤上，他黑了也瘦了，背着一个老大的帆布抽绳马桶包出现在门口，亦晴"噢呜"一声跳过去，双臂荡秋千似的吊在他的脖子上，双腿也臂膀似的张开盘到了他的腰间，"赞哥""赞哥"地叫个不停。

新容没听清苏启智最初说了些什么，只知道他跟徐文静来长春了，要跟她见个面。她心里盘算的是，原来昨天梁赞发短信抱怨找不到家门时，人正在机场，准备登上回家的飞机。

梁赞费了好大劲儿才把亦晴的蟹抱撕开，把水桶包作为替代物塞进她的怀里。他抬眼朝新容这边看过来。她站在自己的办公桌前面，头发还是先梳成麻花辫然后在脑袋后面挽成一个发髻，式样简洁的裙子，一手举着电话，一手拿着书，中指插在正在读的页码中间，整个人嵌在打开着的门框里，像一副超现实的四维画面。

"我先弄点儿喝的东西——"梁赞说着，朝新容的办公室里走。

她一时躲也不是不躲也不是，心噗噗地跳，但脸上反而漠然。

“我很想见见你。”苏启智又强调。

“我现在走不开，”新容说，“我忙完后一起吃晚饭吧。”

梁赞打开新容专放零七八碎小东西的柜子，把她的一只备用玻璃杯拿出来，拿起茶叶桶往里簌拉簌拉倒了两下，走到饮水机那边冲上热水。

“怎么提前回来了？”新容放下电话问。

“想家了呗。”他直视着她。

新容微微一笑，她裙子的灰色让他想起有一天在江南的某间寺庙里，他好像刚睡过去就醒转过来了，一时分不清身在何处，撩开蚊帐望向洞开的窗子，窗外的天色，现在就穿在她的身上。灰里面透着若有若无的蓝色，让人想起黎明时分的大海，也让人有种说不出的忧郁。

新容望见梁赞身后的编辑室里，亦晴把他的水桶包倒过来，哗啦啦泼水似的晃荡几下，一大堆零食特产甩出来，小山似的盖满了亦晴的桌子，还有十几袋翻着跟头栽到桌子下面。

亦晴朝新容挥手：“来啊。”

新容跟梁赞说：“给我们带什么好吃的了？”一边说一边走到编辑室里。

梁赞也跟着过来。

杂志社所有的人都聚齐了，两个美编从电脑桌、书堆，以及一人多高的绿叶植物组成的山洞里面钻出来，他们被文编们称为桃谷二仙，天天对着屏幕，眼睛里面挂着血丝，脸上像蒙了一层灰尘。西毒老聂也凑过来，常年不开晴的脸难得地露一次笑容，跟梁赞握了握手，上下打量他："瘦了不少哇。"

"你怎么瘦下来的？我每次出差都添秤。"一把手朱秀茹也端着茶杯从办公室出来，冲梁赞笑，"人还是瘦了好看。"

"您都多大岁数了还用这种垂涎三尺的眼神儿看人。"亦晴嘴里嘎巴嘎巴地嚼着东西，一边揶揄朱秀茹，瞥见梁赞从食物中间拨拉出几条烟分别扔给几位男士，跳过去打他一下："又是大毒草？！我们这些被动吸烟的人受伤更多你知不知道？"

"不止二手烟，还有三手烟呢。"小美说，"尼古丁会附着在墙面、桌椅这些东西上面，在相当长的时间内保持毒性。"

"你们一手二手三手，这么些年早熏成千手观音，百毒不侵了。"桃谷二仙笑着说。

这会儿梁赞拿过水桶包，在暗扣在里面的侧袋里翻翻，抽出一大堆丝巾。

"这是送女生的。"

为了节省空间，丝巾的外包装都被扯掉了，只剩下透明薄塑料袋，五颜六色叠在一起，湖蓝、碧绿、火红、橙黄，一块接一块地被抖落开来，有的镶边，有的没有。女人们尖叫起来，各自挑喜欢的颜色、花样。

"新主编不挑一个？"梁赞看新容不动弹，"瞧不起我？"

“我哪敢瞧不起你？”新容淡淡地说，“是这些丝巾太漂亮，我怕配不上。”

这时，新容的电话响起来，她跑回到办公室接。

“你那边怎么那么热闹？”黄励问。

“你那边也不清静啊。”新容关上了门，听见黄励那边也乱哄哄的，仿佛很多人在她身边来来往往，她的声音从一片嘈杂中提拎起来，挑高，像在菜市场跟人家吵架。

黄励最近又参加了老年协会的舞蹈班，过一阵子在省内有个老年表演团巡演，晚上要加班练舞，她让新容自己吃晚饭。

新容放下电话，隔门望着编辑室里。听不到欢声笑语，闻不到食物的香气，她只能通过门上留出来的一溜玻璃，看见梁赞背倚着办公桌坐着，腿长长地伸着，鹤式螂形，跟大家一起因为什么事情大笑起来。

编辑室里，亦晴又翻出一条短信给大家念。大家轰隆隆地乱笑，梁赞也咧着嘴，思绪却化为一股烟，追随着新容的电话铃声而去。

他离开了两个月，这期间发生了什么事情？她有了男朋友吗？应该不会啊，他们的短信一直联络得很密切啊。不过也难说，短信毕竟是短信，看不见摸不着的，她大可以一边跟人约会，谈情说爱，一边回他的短信，而且说不定这样回得更自然轻松呢。

梁赞的心扭成了麻花，绞痛起来。他朝新容的办公室看了一眼，门关着。她从里面或许看得见他，但他却看不见她。

他们是同一天到杂志社里来的，新容是大一学生，原本只是给杂志投稿，朱秀茹那会儿是执行副主编，非常喜欢新容的文字感觉，约她来杂志社见面。一见，印象更好，建议她过来当实习编辑。梁赞那时候却已经大学毕业半年了，一边跟朋友琢磨着怎么快速致富，一边被父亲安排进杂志社来。他父亲是老观念，总觉得人应该有个单位。

报到那天杂志社的领导在“喜洋洋农村俱乐部”订了个大包房，算是给他们开个欢迎会。他记得那天新容穿了条牛仔裤，米色棒针毛衣，娴静温柔地坐在他身边，别人说什么问什么，她大都用微笑来回答。

他的态度刚好相反，那会儿已经走入社会半年多了，觉得自己是个大老爷们儿了，谈吐举止刻意要拿出豪爽作派，用大杯跟杂志社的男人们喝白酒，酒过三巡，朱秀茹指着他们俩跟别人说：“哎，你们看他们一动一静，一张一弛，像不像新娘新郎？”

“别说还真像。”大家仔细看他们，纷纷打趣。

新容红了脸，眼睛垂下来。梁赞以为她只是有点儿害羞，以他跟女生打交道的经验，以为连她这点儿害羞都是装出来的。那个晚上的气氛如此和谐轻松，他很拿自己不当外人，伸臂搂住新容：“来，我们新郎新娘敬大家一杯。”

“把你的脏手拿开！”新容狠狠地甩开他，脸上红潮尽退，变成青白，他被她的眼神吓着了。

其他人也都唬住了，原本热闹的场景一下子冷下来，整晚上没注意过的包房背景音乐变得响亮起来。

后来大家才知道她的事情，她父亲跟一个和她年龄相仿的女学生好上了，师生恋闹得沸沸扬扬，连教授都做不成了。新容考上大学过来读书，她妈妈也跟着一起过来了。母女俩艰辛酸楚的生活不难想象，也因此，新容憎恨任何形式的轻佻，从来不开两性间的玩笑。

新容关了电脑，把办公桌上的东西摆整齐，看看时间，苏启智他们等了快一个小时了。她拎包走出去，发现梁赞不在，编辑室里仿佛刚刚一场暴风经过，剖肠开肚的食品袋东一个西一个，桌上地上，场面狼籍。

“走啊？”亦晴问她。

“外地来个朋友，晚上一起吃饭。”新容说。

“梁赞刚走，让他送你多好。”亦晴说。

新容看一眼窗台，他的茶杯搁在上面。

新容拿起杯子，里面的茶汤还是温的。她放下包，把杯子拿到洗手间，把残茶倒掉，用牙膏把杯壁上的茶渍擦干净，用水把杯子里里外外冲得清亮剔透，放回柜子，这才出门。

银灰色帕萨特停在门口，梁赞盯着单位，楼是伪满时候盖的，细窄窄清水红砖嵌在楼表层，拱形窗瘦溜溜的，越发衬得带门斗的楼门像一个大嘴撅出来。嘴巴里面含着楼梯，窄而陡，像错置的牙齿。梁赞眼看着新容瘦伶伶地从牙齿里面一截一截地出来。

新容看见他，站住了。

他替她打开副驾驶那边的车门，语气间流露出来的气恼和强硬让他自己也有些吃惊："上车！"

新容坐上来，他很认真地打量她：没化妆，连口红也没涂，街道上阳光明媚，他看出她的疲惫，眼底下有点儿黑。

"看什么？！"她有点儿恼，瞪他一眼。

他笑起来："去哪儿？"

她顿了顿："重庆路上的必胜客。"

他转头看她，阴阴地笑："你去吃披萨？"

新容也忍不住笑。

报到第一天他那句"新郎新娘"固然惹火了她，但她随后受到多大冒犯似的凛然也大大地让他下不来台。有好几年的时间他们彼此间敬而远之，井水不犯河水。虽然在一个杂志社工作，常常打照面儿，但几乎不打交道。她是采编人员，天天埋首于选题、稿件之类，而他搞发行，有办公桌但却不用坐班，何况他放在杂志社工作上的精力最多也就五分之一，大部分时间他忙着跟朋友合作，开公司，增加客户，开拓业务。

一晃十年过去，他们都成了杂志社里的元老，五年前调整班子时他当上发行部主任她则是采编部主任；三年前班子再次调整，他是主管发行的副社长，新容则是杂志社的执行主编。

任命公示不久，有一次杂志社加班，那一阵子新容喜欢吃必胜客的披萨，加餐时总叫外卖。梁赞那天凑巧去单位，跟送外卖的前后脚进门，桃谷二仙拉他一起吃。他一边往桌边儿坐，一边说，披萨这东西，就像喝醉酒后吐到盘子里的那么一摊东西回炉烤烤又端了出来。

桃谷二仙叽叽咕咕地笑。新容对着纸盒里面还袅袅冒着热气的三文鱼披萨，明知道梁赞是胡诌巴咧，就是抑制不住自己的恶心。

新容那天运衰到家了，临出门上班时跟黄励闹了几句口角，开编前会时，老聂跟亦晴因为点儿鸡毛蒜皮，闹到鸡飞狗跳，什么难听话都讲出来了。最后是老聂踢翻椅子走人："爱他妈谁谁，爷不侍候！"亦晴坐到朱秀茹那儿把两眼哭成毛桃。朱秀茹就把所有的事情都推给新容，自己拉着亦晴SPA解压去了。

新容刚当主编，做到骨酥肉烂在别人看来也是春风得意，她饿得前腔贴后背，额头手心都冒着虚汗，遇上梁赞的恶搞，一股火从胃里窜出来。鼻腔里先一酸跟着一热，她连忙捂住鼻子冲到卫生间，松开手，鼻血滴答滴答溅到白瓷洗手盆里面，艳红醒目，一朵一朵像次第绽放的梅花。

一个美编到卫生间门口偷看一眼，跑回来低声说："主编气得流鼻血了。"

梁赞一愣，不过是随口开个玩笑，半斤八两的小事儿，还流起鼻血来了？他手里捏着块热披萨原本吃得挺来劲儿，让她这么一打岔儿，真变成呕吐物了。

他扔下披萨起身往外走，经过卫生间门口时站住了，门是打开的，卫生间里面使用的是白炽灯管，新容站在洗手盆前面，被灯光衬得脸色惨白。梁赞忽然发现她很瘦，以前的印象只是新容个子高挑，走路很快，风风火火忙多大事业的样子，但那天夜里他注意到她尖削的下巴，以及眼睛里隐隐的泪水。他的脚不知怎么就抬不起来了。

桃谷二仙鬼鬼祟祟地过来，一左一右站在梁赞身边。新容捏着鼻子冲他们摆手让他们走。他没动，他们也没动。新容被惹急了，捏着鼻子声音瘪瘪地骂他们：“滚开啊！”

新容收拾好自己从卫生间出来，头晕目眩的，出了一阵虚汗，也懒得再加班了，拿了包回家。坐电梯下楼时，梁赞在最后两秒钟闪身挤进来，差点儿被电梯门夹住，眼睛也不看她，快到一楼时，兀突突来了一句：“带你去喝汤。”

话音刚落电梯门就开了，还未等他们出去，一家广告公司的人就往里拥。他们刚刚吃过烤物，炭火气息和啤酒味道混合在一起，如此强烈，更让新容产生虚弱感和厌憎情绪。

梁赞拉住她的手，把她从乱乱的一团中间扯出去。到了外面他也不撒手。她流鼻血流得太多，脑子也钝了，任他牵着自己走到车前，他打开车门，把她塞进车里。

她怔怔地看着他把车开走，驶上灯光通明的街道。想问他，你要带我去哪里，忽然又想，管他呢？爱哪哪儿吧。

新容脑子里晃过黄励的身影，早晨母女俩拌了嘴，这会儿她肯定没睡，等着她回去呢。

想到黄励，新容一时又伤感起来，黄励的性情原本快人快语，爱说爱笑，明朗得像阳光下面的草地，坦荡野气，也有野花也有芳香。出了苏启智和徐文静这档子事儿以后，黄励性情仍旧泼辣，但里面混搅了一团阴郁、乌黑的东西，又赶上更年期，芝麻粒大的事儿，她说翻脸就翻脸，什么难听话都讲得出。

梁赞带她去的靓汤馆名叫“悦胃”。招牌不大，古色古香的。一进门就被水水的香气包裹住了，再细分辩，方品出是食物炖到骨渣处榨出来的香气，浓稠、弥漫，光是闻闻味道已经酥软了身子。

老板徐娘半老，细腻肥白，笑容可掬，穿件大花衣服，半裙半袍的，手里拿把大扇子，见到梁赞用扇子拍他一下，睨着新容说：“刚才梁赞打电话来威胁我呢，不把汤给你们留好，就把我给活煮了。”

梁赞跟她开了几句玩笑，带新容进包房时，老板娘在后面感慨：“你看看人家，腿还没我胳膊粗呢。”

老板娘给他们留了好几煲汤，样样美味。汤汤水水淹进胃里，给新容做了一场内部按摩，全身的筋骨一点点地松散开来，神经像高手料理的鱼翅，晶亮柔滑。梁赞看着新容眼睛里头的冰霜慢慢融掉，变得雾津津的。当她透过几丝头发扬起眼睛冲他笑的时候，就像有块石头冷不防地扔进他的身体里，溅起老高的水花。

喝完汤梁赞送新容回家。两个人在车上，新容除了“谢谢你带我来喝这么好的汤”外不知道该说些什么，而感谢的话她已经说过两次，再说，就冒傻气了。梁赞手上有方向盘，看上去比她笃定得多。车开了一会儿，新容头朝窗外歪着，看街边店的各色灯影。

梁赞见新容沉默，也想不出什么话来说，工作以外，他跟女人打交道的主要方式是扯闲章儿逗闷子，但新容除外。他把车开到新容家小区门口，停在路边，新容还无声无息地坐着，他伸头去看，发现她睡着了，脸侧过去贴着椅背，双臂环抱着自己，长臂长腿，瘦伶伶一个女子。偶尔对面有车开过来，灯光一闪，新容的脸孔就像从水中探出来，接着又陷入蓝黑的夜潭深处。如此反复，新容就像一个溺水的人，梁赞生出要把她从水里打捞出来的欲望。

“你跟谁吃饭？”梁赞问。

新容没吭声。

“咹？”他用胳膊肘杵她。

“你好好开车，”她笑着躲到一边，顿一下，“——外地来的人。”

“外地来的什么人？”

“你又是什么人？”新容瞪他一眼，“管得还真宽呢。”

“你应该请我吃饭。”他说，“我走了两个月，好容易才回来，你也不给我接风洗尘？”

“接风洗尘是朱社的事儿，她是一把手，钱也归她管。”

“我才懒得吃杂志社的饭呢，我想吃你请我的饭。”

“改天吧。”

“改天还接什么风啊？就今天。”

“别胡搅蛮缠，都跟你说了我约人了。”

“约谁啊？推了不就行了？”

新容不说话。

“要不，我跟你一起去？”

必胜客里客人不多，店里光线一半靠壁灯一半靠沿街窗铺照进来的阳光。新容和梁赞一路走过来，一对头发染得金黄的男生用手提电脑上网，两只脑袋凑一起像两朵葵花；四个女人占了张六人台，其中一个挥舞着手臂绘影绘形地讲，其他几个叽叽咕咕地笑；还有一对来路似乎不大正当的情侣，拉着脸守着两杯咖啡枯坐，再转过一个弯，看见苏启智跟徐文静，坐在靠窗的位置上，一人面前一杯矿泉水。

“容容——”苏启智看见她过来，站了起来。

新容愣住了。半年没见，他瘦成了肉干儿，原本蛛网般的皱纹，变成沟沟壑壑，纹路之深，把他的苍老从写意变成了工笔。

徐文静也瘦了，下巴变尖后脸型分外清秀，身材也苗条起来。

“这是我父亲，”新容对梁赞说，又对苏启智介绍了一句，“梁赞是我们杂志社的副社长。”

两个男人握了握手。

“徐文静。”苏启智给梁赞介绍。

梁赞已经知道她的身份了，冲她点点头：“你好。”

“你好。”徐文静也点一下头。

服务员送菜牌过来，梁赞接过来说：“给我吧，一会儿点菜时我再叫你。”

苏启智问新容：“你妈妈还好吧？”

“挺好的。”新容说。

那年《大长今》热播时，黄励跟小区里几个中年妇女一起参加了韩国料理班。那一个月里，家里增加的盆盆罐罐比她们过去十年增加的还多。比较经典的是一个稻草编的圆锥形篓子，跟稻草人儿似的支在阳台上面。黄励说这种东西生长茎黄豆芽再好不过，还有一个U形木槽，配两个大木锤，说是要自己打打糕吃。

今年过了春节，女人中的一个得了乳腺癌，发现时已经扩散了，这些人一下子意识到健康问题比韩国料理更重要更紧迫。女人们兵分几路，有跑去学打太极拳的，有练气功的，有去参加保健品学习班的。黄励被一个年过五十说话还嗲如少女的女人去学跳拉丁舞，天天扭腰摆臀，晃得新容七荤八素的。家里的盆盆罐罐像一场大戏的道具，演戏的人早换到另一个舞台风光去了，这些物件还傻呆呆地杵在原地，不知如何收场。

苏启智看着梁赞：“你们同事多长时间了？”

“十年了吧？”梁赞看了新容一眼，“我们是同一天到杂志社工作的。”

“容容早熟、善良、懂事。”苏启智有些心虚地说，“就是脾气倔。”

“她平时不大爱说话，也不计较什么，”梁赞笑笑说，“但动真格儿的时候，挺厉害的，河东狮吼。”

两个男人笑笑，徐文静也微微一笑，新容被他们笑得疙疙瘩瘩的，这种家庭式的轻松愉快，可不是苏启智和徐文静应该得到的。

她在菜牌上拍拍，往梁赞眼前一送：“点你的菜吧。”

梁赞点菜时，新容去洗手间，前脚刚进去，徐文静后脚进来。她们的目光在洗手盆上方的镜子里对视了一会儿。

“你可能也看出来了，”徐文静说，“苏老师最近身体不大好。”

在公共场合，她总叫他“苏老师”，新容想不出他们在家里，尤其是在床上的时候，她怎么称呼他，也叫老师?

“胃出过几次血。”徐文静说，“他现在对食物特别敏感，吃坏什么或者喝坏什么，一不小心，血就从胃里顶上来，顺着嘴角往外流，挺瘆人的。”

难怪他骨瘦如柴。

“明天你能跟我一起去医院吗？”

“我明天有编前会，走不开。”新容说，“你们先去看吧，如果有什么问题，你再给我打电话。”

徐文静没吭声，眼珠乌沉，定定地望着新容。

新容从徐文静身边推门出去。厚厚的橙色树脂门无声无息地扇了扇，把两人隔开。

新容回到桌边，苏启智和梁赞也正谈看病的事儿，“胃病医大二院看得最好，我有个哥们儿在脑外科当医生，我让他给你们找个好医生看。”梁赞一边说一边抄起电话联系，徐文静回来时，他正好把电话合上。

“OK了，明天上午我把你们送过去。”他说。

徐文静看了新容一眼。

“你爸挺有风度的嘛，像个诗人，有一些女孩儿最喜欢他这种类型。”吃完饭他们在必胜客门口分手，梁赞和新容目送着苏启智、徐文静的背影感慨道。

“他现在生病，状态不好，人也显老。”新容感慨了一声，“以前他是挺有吸引力的。”

苏启智清高、儒雅、从容，又在大学里教古典文学，非常脱俗。新容第一次意识到这一点是上小学的时候。学校举行儿歌大赛，她一大早被黄励从床上抓起来，洗脸时还迷迷登登的，到刷牙时才真正醒过来。黄励给她梳羊角辫，扎粉红色蝴蝶结，白裙子配搭扣红皮鞋，嘴唇上还抹了黄励的口红。新容站在凳子上预演，鹅鹅鹅，曲项向天歌，白毛浮绿水，红掌拨清波。她怕把口红蹭掉，背得呜哩呜噜的。

苏启智看见，脸黑成锅底，怒视黄励："你看你把孩子弄得这么恶俗！"

他两把扯下蝴蝶结扔到地上，把新容从凳子上挟下来，手臂硬梆梆的，差点儿勒断她的肋骨，进卫生间后他拿着毛巾擦她嘴巴上的口红，几乎蹭脱掉她一层皮，然后塞把梳子给她，让她用皮筋把头发扎成马尾，弄好后又挟着她卷进房间，挑件白衬衫蓝裙子扔给新容，还去鞋柜挑了双旧白布鞋让她换上。

"又不是清明去烈士陵园——"黄励嘟囔。

苏启智不理她，把新容收拾顺眼，把她放到自行车上送她去学校，一路走一路教她背《矮老头儿》：

矮老头儿，本姓刘，上街买绸带打油。看见一棵大石榴，放下了绸，搁好了油，踮起脚尖采石榴，石榴高，采不着，一不留心踢翻了油，弄脏了绸，摔破了头，气得老头把泪流。

新容背下来去参加大赛，一群孩子背鹅鹅鹅，新容的矮老头儿拿了个第一名。回家给黄励看奖状，黄励也喜孜孜地说："你爸是大才子，他动动小手指头就够别人忙活半天的。"

她们要把奖状贴在墙上，苏启智说："还不如贴张世界地图。"

"这是荣誉。"黄励说。

"算了，别贴了，"新容把奖状从黄励手上抢下来，贴上了世界地图。

她信任他，为他是她的父亲自豪。后来他闹出婚外情时，新容几乎分不清她跟黄励谁更伤心。

“我想吃麻辣涮肚，你请我吧。”车从停车场开出去时，梁赞说，“算接风了。”也不管她答不答应，径直把车开到老字号麻辣涮肚店。涮肚店里人满为患，刚好有一桌结账的。服务员跟梁赞熟，跳过两伙等桌的把他们偷偷领进去。梁赞也不知从哪儿摸出一个新疆手镯来，哄得小姑娘眉开眼笑的。

蘑菇、豆腐、南瓜、木耳、玉米、土豆，梁赞点了一堆新容爱吃的东西放到涮锅里面，自己只要了瓶啤酒。

“你的小后妈看上去挺好的。”他说。

“她很容易给人留下好印象。”新容说。

梁赞看着她，一副等着听下文的表情。她只好继续说道：“她刚到我们家里来的时候，我妈对她的印象也很好。”

徐文静可能是小时候在山野里晒得太狠，把阳光直晒进真皮层里去了。棕色肤色衬得她一双大眼睛白是白，黑是黑。

“女孩子眼睛长得好谈恋爱时最占便宜，眨巴眨巴就把男人的心眨巴乱了。”黄励边夸边不无遗憾地打量新容。她的眼睛长得像苏启智，细长，双眼皮是暗扣在里面的。

苏启智也夸徐文静眼睛长得好，“翦水双瞳。”他说。

还跟孔乙己似的，手指上蘸了水，在饭桌上给新容写那个“翦”字：“你认识吗？”

新容点点头。

那以后苏启智和黄励开口闭口文静文静的，仿佛她是他们遗失多年的亲生骨肉，徐文静跟黄励叫“师母”。她也真拿自己当母了，嘘寒问暖，汤水茶饭。徐文静家里困难，衣服寒酸，黄励把自己的羊毛衫羽绒服都给了她。

“旧衣服送人家，伤人自尊，”新容提醒黄励，“好心变成驴肝肺。”

“旧什么旧？！都是八成新的。”黄励听不出重点，也看不出山高水低，根本没注意到徐文静旧衣下面包裹着的，是一具春来大地的身体，姹紫嫣红正当时，美目盼兮、巧笑嫣兮。

有一天新容上学的学校停电，临时取消了晚自习，新容回家来，正好徐文静吃完饺子要回师范学院去。她们在门口遇上。因为煮饺子，房间里原来的融融暖意中间夹杂了水气，让新容清晰地意识到跟随自己闯进屋里来的，干燥的尘气和寒冷的土腥味儿。

苏启智站在她们旁边，背对着灯光，加上房间里的湿雾，看不清表情，不过，他的声音温柔得像一团棉花，跟徐文静介绍说：“她是新容。”

徐文静比新容矮差不多一个头，身上有股糯米的香甜气息，抬头看她一眼，微笑，慢慢低下头，连同眼睑也垂下来。

“就她啊，”新容说，“又矮又胖，土豆西施。”

“什么土豆？”苏启智拉下脸来，“人家《红楼梦》读过六遍。”

“读一百遍有屁用，高考又不考《红楼梦》。”

“你跟谁屁屁的？”苏启智突然就火了，把手里的毛笔啪地拍到桌子上，一朵墨花从笔尖溅出来，落在刚铺好的宣纸上，“没有教养。”

新容被苏启智骂得眼冒金星，脸颊赤辣辣烧起来，她直着脖子吼回去：“养不教，父之过。”

当时新容在客厅吃饭，苏启智在书房写毛笔字，父女俩隔着几米远的距离怒目相对。黄励两手湿淋淋地过来，一边撩起围裙擦手，一边看看剑拔弩张的两个人：“怎么了怎么了怎么了——”

苏启智起身，重重地关上门。

那个门，柞木的，死沉死沉，“砰嘭”一声撞紧关严。新容只觉得鼻管里面一阵酸麻，听见黄励叫一声：“新容，别动！”

黄励把围裙扯下来，灭口似的朝新容堵过来，围裙里面的油腻、沤菜、脏渍的气息比鼻血更让新容恼火。她把围裙连同黄励的手臂一起推开，冲进自己的房间，也把房门甩得山响。

“我第一次见她，觉得她像某种动物，用眼睛说话，阴沉而危险。”新容对梁赞说，“很长时间以后，我才明白，那会儿她跟我爸的关系已经很微妙了。我爸是个温文尔雅的人，但那段时间特别容易发火。”

“正在进行激烈的思想斗争。”梁赞笑了，喝了口啤酒，看着新容，“我也在进行激烈的思想斗争。是追你呢，还是放你走？”

新容没想到他在这么个时间，这么个地方，突然说出这么句话来。她的心跟锅里的热汤一起咕嘟咕嘟地沸腾起来，为了避免看上去傻呆呆的，她伸手捞了串南瓜吃。

“你怎么不说话？”他问。

“你斗争你自己，”新容静下来，笑了，“关我什么事儿？”

“怎么不关你事儿？”梁赞笑了，“你是战利品。”

新容没说话，耳朵、脸颊、眼窝，慢慢地洇出红色来，眼睛里面蓄足了羞恼嗔怒，朝梁赞狠狠一横。

新容手里拎着东西，刚要用脚敲门，门已经打开了，黄励穿着新容淘汰的运动服，脸上敷了焕彩面膜，眼睛从两个洞里看着新容。

“你想吓死谁啊？”新容把手里的东西直接送回房间，又出来。

黄励一手一只易拉罐当成健身器材，平举、上举、垂下，脚底下还在原地慢走。

“谁送你回来的？”她在面膜下面呜哩呜噜地问。

“梁赞。”新容去厨房倒水喝，顺势在餐桌上坐下，翻了翻当天的报纸。报纸快翻完时，黄励走过来，一手拎着刚撕下来的面膜，一手在脸颊上拍打着，让皮肤把剩下的美白液吸收进去。

“白吗？”

“挺好的。”新容笑笑。五十多岁的黄励按年龄来看还算是年轻的，但跟徐文静比不了。不过，说到徐文静皮肤的紧致、弹性，连新容都要自惭形秽。她从大学一年级开始到杂志社当实习编辑，从接情感热线、提升为纪实版主任再到成为执行主编，常年的熬夜，在眼睛下面熬出两块黑影，遮瑕膏都遮不住。刚才吃涮肚，梁赞盯着她看时，她直心虚。

“什么东西大包小包的？”黄励把用过的面膜小心地折好，又装回袋子里，袋口用夹子夹好。

都是梁赞给她买的东西，刚才一直开车到楼下，下车的时候，他从后备箱里大包小包拿出一大堆来塞进她怀里。她连推拒都来不及。也幸亏没跟他拉拉扯扯的，黄励正在楼上看着他们呢。

“梁赞不是刚在全国绕了一大圈儿吗？托他买了点儿东西。”

黄励还是把面膜放进冰箱。

“都跟你说了面膜只能用一次，维生素隔一夜就失效了。”

“跟梁赞吃的晚饭？”

“还有苏启智跟徐文静。”

黄励愣住了。

“苏启智好像胃不太好，人瘦得皮包骨头。明天要去医院检查，梁赞有朋友在医院，帮忙给联系的。”

“他应该查查心脏，”黄励嘭一声关上冰箱门，“心眼儿烂根子了。”

梦里，苏启智坐在白色的小船上，划船的是个年轻女人，面容秀丽，笑容温柔，苏启智神秘兮兮地跟新容说：“她的胳膊在遇到风的时候，能像折扇一样打开，变成翅膀。”

新容醒过来时，听见客厅传来的音乐声，她打开门，DVD机里播放着国标比赛的录像。黄励抬着胳膊，跟着电视里面的画面，挺胸、收腹、甩头。看见新容站在门口，她也没停下来，扭胯，仰头，脚步继续向前滑走。

新容去浴室刷牙冲淋浴。出来时，黄励已经跳完舞，把音乐关了。

桌子上摆着早餐，豆浆、茶蛋、面包、香肠、果酱，还有一盘子新鲜草莓。不大的桌面摆得满满的，颜色也好看，但新容却觉得，这种漂亮场面底下，是一副潦草心思。她刚考上大学时，黄励提前办了退休，把家里的东西收拾收拾卖的卖，送的送，只带着简单行李跟新容一起过来。母女俩租的房子是三家插间，一家一间二十多平方的房间，共用浴室和厨房。黄励每天早晨很早起来，走路十五分钟去早市。那里的菜新鲜，价钱比附近超市便宜一倍，再走回来，炒菜炖汤用石锅焖大米饭。另外两家起来煮粥拌咸菜时，她们这边已经热热乎乎地吃进肚里了。新年前后两个月，去早市买菜的时候天是墨黑的。新容看着外面的天光，心情暗沉，想着这时候苏启智跟徐文静，肯定躺在家里的大床上，胳膊腿儿像麻花那样拧在一起睡觉吧。

新容那会儿刚去杂志社上班，光靠黄励办病退的工资，两个人不够活的。苏启智说过要给钱，新容说她已经过了抚养年龄了，不要。她心里憋着股气，要让他看看，没有他，她们娘俩儿一样能过得好。刚上大学新容就开始写稿挣稿费，后来又过去当编辑。除了寒暑假外，她平时不能正常坐班，每次去上班，除了写稿校对，还打起精神照顾环境，地面脏了是她清理，暖水瓶里的水是她去水房打上来，连电脑问题也是找她。一开始她也晕头转向的，可以说不会但不敢说不管，午休时大家打牌讲黄色笑话，她边看书边摸索着弄程序，几年下来，居然成了专家。最苦的那段日子，有两次她咬着筷子就睡着了。黄励到厨房盛完饭回来，坐在桌边看女儿，眼泪一掉大半碗。

有一阵子电视里面连续一周报道大学生毕业容易就业难的问题，黄励添了心思，非要新容考研究生。新容顺嘴说既使考得上，哪有钱读。黄励走火入魔，四处去打听卖肾的事儿。邻居把话传给新容，她呆在当场，好半天才回过神儿来，把手里蛋炒饭往地上使劲儿一摔，黄的白的散落一地，冲回房里跟黄励吵架："你怎么想的？卖肾？！你卖肾还不如我去卖身算了！！"也不管邻居是不是听见了，嗓门扯得快把屋顶喊下来，心里想，喊下来就喊下来，母女俩一起被砸死算了，死也落个全尸。

黄励先让新容吼傻了，反应过来也开始淌眼抹泪的："卖肾怎么了？丢人了？丢也是丢我自己的人，谁让我没本事留住男人，卖我自己的零件儿还不行吗？你冲我那么大声干吗？我是你妈你吼我像一条老狗！肾也不用卖了哪有买命的我卖了清净，省得招老的烦让小的厌！！”

母女俩眼泪横飞，对吼，哭，把最后一丝力气都诉尽，肉泥两堆一个瘫在床头一个委在床尾。心里空落落像间被弃的房间，那会儿想起苏启智和徐文静，真是恨啊，恨得咬牙切齿。

新容开编前会时，梁赞打电话来报告苏启智的病情：“胃癌，已经扩散了。”

新容僵了，脑子里一时飞絮飘浮，乱成一团，原来，昨天夜里的梦是个死亡之梦。

亦晴抓了个少妇为了跟老公赌气，去电视台假征婚的题材，如获至宝。早晨新容一进门就被她抓住，她走到哪里亦晴跟到哪里，一直跟到编前会上，她又从头讲起。

新容望着她嘴巴张开闭合、闭合张开，字词噼哩啪啦地从她嘴里迸出来，又散落开。老聂在旁边阴恻恻地看着亦晴，偶尔开口，总惹得亦晴眉毛倒竖，杏眼圆睁。

“怎么了？”送咖啡过来的小美看见新容表情不对，悄悄地问。

她回过神儿来：“——没事儿。”

中午朱秀茹在新开的一家湘菜馆定了大包，全体人员聚餐，给梁赞接风。他从医院赶过来，跟新容一左一右坐在朱秀茹身边。亦晴坐在桃谷二仙中间。桃谷二仙跟亦晴贫嘴，一个说：“我们不是随便的人，”另一个接着道：“我们随便起来不是人。”

亦晴哼一声：“你们觉得这很幽默吗？”

听见他们对话的人都笑，唯独新容脸色瓷白，剁椒鱼头上来时，服务员转桌把鱼转到她面前，鱼头被片成两半，对贴着，眼睛睁着，埋在碎红辣椒中间，新容冷眼瞥见，吓了一跳。

梁赞伸手把鱼头转到了别的地方。

其他菜陆续上齐，新容几乎没动筷子。

“怎么不吃？”朱秀茹看了她一眼，打量四周，“让谁气饱了？”

新容笑笑，搛根芥兰，吃了一口放下，去了卫生间。

梁赞倒了满杯啤酒，敬大家喝了，也去卫生间。

在走廊里看见新容，站在一个窗前往外看，他走过去把她一把抱住：“别担心，我会陪着你的。”

新容吓得不轻，死命地挣出来，小心地往包房那边看了看。

“你疯了——”她瞪梁赞一眼。

梁赞没吭声。

新容回到包房，拉开门时，刚好亦晴往外走。

苏启智躺在病床上，整个人缩进去一大圈儿，脸色比洗旧的白枕套还难看。

“挺忙的，不用过来了。”苏启智说。

“上午忙，下午没什么大事儿。”新容说。

徐文静拿着粥盒回来，医院附近有专门做粥的粥铺，可以按顾客要求给做各种各样的粥。徐文静订了蔬菜粥，端到苏启智跟前，“我不想吃。”苏启智手虚虚的做了一个推开的动作。

“多少吃几口吧。”徐文静把盛了粥的匙递到他嘴边，他看新容一眼，自己拿过匙把粥送进嘴里。

“有什么事情需要我做的？”新容问。

“小梁都给安排好了，”苏启智冲新容身后的梁赞笑笑，对新容说，“今天一大早去接我们，楼上楼下的折腾了多少趟，真给他添了不少麻烦。”

“你别客气”。梁赞让苏启智说得不好意思了，“我这个人一向麻烦里来麻烦里去，没麻烦还全身不得劲儿呢。”

“我这胃是老毛病了，住两天我们就回去。”苏启智朝徐文静笑笑，“小静还要去一家公司上班呢。”

“上班不着急。”徐文静说，“我刚给公司打了电话，他们说公司老总去南美洲了，一个月以后才能回来，他回来我才能去上班。你好好调理身体，我们可以出去转转。我上班以后可能就没机会出去旅游了。”她冲新容笑笑，转头又对苏启智说，“让新容也跟我们一起去。”

“她哪儿有空？”苏启智叹了口气，目光却很期待地落到新容的脸上。

新容一时被他们将住了，不知该说什么。

“时间就像海绵里的水，只要硬挤，总是有的。”梁赞笑着插话，“要是去近便的地方，我开车送你们去。”

“你瞎承诺什么？”他们从医院出来时，新容责怪梁赞，“我跟他们旅哪门子游？”

“你爸还能活几天？”梁赞说，“人之将死，其行也善。”

梁赞把新容送回家，临下车时，新容把一个信封给梁赞。

“什么？”他没接。

“买东西的钱。”新容只好解释，“这是三千，我也不知道够不够。”

梁赞把信封从她手中抽出来，拉开她的包扔进去：“想谢我，可以给我写封情书啊。”

“你不收，”新容说，“我就把东西还给你。”

“不用那么麻烦，”梁赞拉下脸来，说，“你直接当垃圾扔了吧。”

梁赞说完推门下车，把车门甩得很响。

“要扔你自己扔，”新容随即也出来，脸绷得像鼓，“你在这儿等着，我上去取东西下来。”

“还上什么楼啊？”梁赞说，“你把信封拿来，我直接扔了就算数儿。”

“你凭什么跟我发脾气？”新容的脸气青了，掉头往楼里面走，“你别走，我拿东西去！”

梁赞追了半层楼追上新容，拉住她：“阎王还不打笑脸人呢？我这脸够热的了，怎么就贴不上你的冷屁股？”

新容被他说得脸绯红起来：“你去死——”

“一个比喻，”梁赞笑了，“你想那么具体干吗？”

新容静下来，沉思了一会儿，抬眼朝梁赞看，直看得他眼睛里头心里头空出好大一个场子，才慢慢说道：“你别拿我当礼拜天儿过。”

梁赞拿起她的手，摁在她的心口上，“你这里是颗什么？石头吗？”说完把她的手一摔，蹬蹬蹬蹬下楼去了。

新容全身软软的，像被人抽了筋，要不是怕邻里邻居看见不好，真恨不得一屁股就坐在水泥楼梯上。

黄励穿着舞蹈裙，在镜子前面左照右照。

新容进门，乍眼瞥见那一身白花花的肉，晃得眼晕。舞蹈裙是紫红色的，屁股前后加上胸前，统共三块布，其他位置零打碎敲地缀上那么一缕两缕的布头儿。上面不光用银丝绣着什么图案，还镶着大面积的亮片。

“怎么样？”黄励扭腰摆臀，舞步蹁跹，那些亮片蛙声一片地晃动起来。

新容下意识地捂住自己的眼睛。

“就那么惨不忍睹？”黄励过来打新容的手，“今天彩排，嗬，真是不脱不知道，满身橘子皮的大有人在，还有那肚子上的肉，一波三折，我的皮肤和身材算不错的呢。”

“你怎么了？”黄励在新容额头上指一下，“出了门又是秧歌又是戏，游回家来就变成条死鱼——”

“别唠叨了，”新容抬眼看黄励，“我刚才去医院了，苏启智得了胃癌。”

黄励的架子还拿着，刚才说话时点着她的手也还那么半举着。

“发现时就是晚期，医生说随时都有可能——离开。”

“我早就知道会有这么一天。”黄励转回神儿来，笑了一半却笑不下去，手抖抖地往下脱舞蹈裙，好半天扒不下来。新容想帮帮她，又没敢动，怕这样反而惹恼了她。

“应了那句老话，作得欢死得快。”黄励到底把那三块手帕从身上扒了下来，两块布的接缝在胯骨那儿抻得快崩断了。新容才发现，那面料还是带弹力的。黄励把舞蹈服团吧团吧揉成个抹布，往沙发里上一扔，仍然拎起旧运动服套在身上，走到窗前，忽啦一下把窗帘拉开，一大片夕照，像硕大无朋的蛋黄跌碎进屋里，浓浓地漫溢了整个客厅，稠稠地淹裹了母女俩。

黎明时分新容起床去卫生间，出来发现客厅凸形窗前地板上，黑漆漆一团沐浴在淡墨色的夜色晨光中间，吓了她一跳。

“你不睡觉坐在那里干什么？”她问。

黄励不吭声。

她走过去坐下，母女俩都不说话，看着天色从灰黑变成深灰、灰中渐渐透出青色，青色又一层层漂清了灰色，加入了豆浆白。

新容白天乍听见消息时，心像鱼漂浮着，找不到方向。也不知道该不该悲伤，彷徨得很。现在，在这样安静的时分，她清清楚楚地看见，悲伤从她的心坎里抽发，像一束花草那样葳葳蕤蕤地生长起来。眼泪涌出来，湿了脸。她怕黄励看见，也不擦。

“是不是我老咒他，把他咒出癌来了？”黄励一夜未睡，整个人垮垮的，面色灰败，眼睛下面眼袋突起，头发乱糟糟像个鸡窝，说话时带着很重的鼻音。

“你想哪儿去了？！”新容破啼而笑。

“人的意念是有力量的。”黄励很认真地说。

“你又听谁胡说八道了？”新容搂着黄励，把头靠在她肩上，“是他自己的体质不好。”

“要不就是跟徐文静在一起，天天吃方便面吃出来的。”黄励说，“你没看商品质量调查？方便面里面装的调料，几乎全是毒药，她倒是年轻了，消化能力强，你爸那体格哪能抗得住？不过他也是活该，自找的。”

“——徐文静想让我陪他们出去转转。”

“他不是快死了吗？还有力气转？”

“医院那地方没病去了也添几样儿，更何况他这么重。越在病房里待着他越容易猜出自己不行了，不如带他出去散散心。不过又怕他临时发病，所以才想拉我去。”

“这时候想起你来了，你过苦日子的时候他们在哪儿开心快活呢？”

“说那些干什么？没有他们我们不也挺好？”新容说，“你说如果我不去，他真死不瞑目了，变成鬼来找我们麻烦怎么办？”

“好办！”黄励说，“睡觉时把菜刀枕在枕头底下，刀刃朝外就行了。”

梁赞说话算话，果真开车带他们去大连玩了几天。他跟新容说：“你们两个女生，万一真出点儿事还不麻爪儿了？我跟着去，既是司机，又是导游，兼着陪护，还要护花，用途不可不谓不多。”

“这是我们自己家的事儿，你别瞎掺合。”新容也希望他去，只是担心这样一来，跟他丝丝连连更扯不清楚。

“你怎么这么不知道好歹？”

梁赞气得骂她，新容倒笑了。

黄励也是刀子嘴豆腐心。他们出发那天，她起早煮了软软的白粥装进保温饭盒里面。饭盒上面的夹层里准备了苏启智以前爱吃的泡菜。怕他胃不行，用刀剁成了末，又另外拿了一个饭盒装了十几个茶蛋。

“路上的东西不干净。”黄励淡淡地说。

苏启智看到粥和泡菜，表情一顿。新容一阵心酸，赶紧别过脸去。手里拿个茶蛋，慢慢地剥，慢慢地咬，慢慢地嚼，想起小时候苏启智专为她编过不少儿歌，其中一个是关于鸡蛋的：

薄薄的壳下月亮泡，月亮泡里面太阳笑，太阳月亮抱一抱，生出一个鸡宝宝。

黄励听了埋怨苏启智：“堂堂大学教授给孩子编黄色儿歌。”

梁赞出发前托大连的朋友老段帮忙找酒店。他们赶去时，老段已经在酒店大堂里等着了。老段一张脸，胡子占了大半，头却剃得锃亮，看见梁赞，笑得一口烟全喷在他脸上。

“早二十天来多好，能看樱花，那花开得，”老段感慨，“血艳！”

晚饭是老段接风，他知道梁赞喜欢吃生蚝，挑了最好的点了一大盘，端上来后拿柠檬汁往上淋，蚝肉弹性十足地紧缩了一下。老段满意地哼了一声，让服务员拿来白葡萄酒给客人们倒上。

“吃生蚝得配这个，”老段说，“血鲜！”

新容发现，“血”是老段表达强烈感情色彩的词。喜怒哀乐，动不动就“血”“血”的。

有一天下雨，老段和梁赞出去了，徐文静在房间里洗澡收拾东西，新容父女俩在咖啡吧里坐了小半天儿。

大堂里面弥漫着煮咖啡的香气，光线有点儿暗，再找不着那么好的谈话氛围了。苏启智絮絮地说他的一生——年轻时梦想当作家，最喜欢张恨水，尽管很多人瞧不起张恨水。鲁迅的瞧不起表现得最尖锐最刻薄，一个三角形，那又怎么了？张恨水还是张恨水。最近张恨水好像又时髦起来了，刚拍的《金粉世家》他看了几集，气得胃疼，电视剧里面的先生站在讲台上，讲《诗经》，一开口居然是绿水苍苍，白雾茫茫，有位佳人，在水一方。小静说那是琼瑶小说里面的歌词，还有《啼笑因缘》，应该改名叫《啼笑皆非》……

“你要杯咖啡吧？”苏启智突然说，“给我也要一杯。”

“你的胃哪能喝咖啡？”新容说。

“我不喝，就闻闻。”苏启智说，“我喜欢咖啡的味道。”

新容招手叫来服务员，要了两杯热咖啡。

“我的人生也是个三角形，结婚前是一条线，结婚后是一条线，遇到小静也是一条线。”苏启智望着外面的雨帘，眼神一直望进新容想象不到的空间里去，“我并不后悔我的这一生是由这三条线组成的，但我很惭愧辜负了你和你妈。”隔一会儿又说，“劝劝你妈，再找个人。别找像我这样肩不能担手不能提的银样镴枪头。找个朴实的，俗气点儿，粗点儿，都没关系，最要紧是懂得心疼女人的。”

新容的眼泪涌上来，强咬着舌头才忍住了。

“对你，我本来最不放心的。”苏启智说，“不过这次看到小梁在你身边，我真是非常欣慰。”

“我们过得挺好的，你不用乱担心。”新容不想跟他多谈梁赞，找个事情把话头儿岔开。

结果到晚上吃饭，因为一首网络歌曲提起日本，老段脱口问了梁赞一句：“你老婆还在早稻田大学吗？”

苏启智和徐文静都一愣，看着梁赞。

“啊。”梁赞看了一眼新容，随口应了一声。

“读到博士后了吧？”老段问。

“还读博士呢。”梁赞说完，把服务员叫过来，“来碗粥。”

“粥？”服务员是当地人，一时没听明白。

“就是稀饭。”老段插了一句。

“海鲜粥还是白粥？”梁赞问苏启智。

“什么都不要。”苏启智脸冷得能刮层霜下来，“你不用这么周到，我受不起。”

吃完饭回酒店，苏启智连声招呼也没和梁赞打，就扭头回房间了。徐文静忙着追着他去，回头冲新容和梁赞挥挥手。

新容看了梁赞一眼：“你没生气吧？”

“生气也不会生他的气。”梁赞说。

“只许自己放火，不许别人点灯。”新容笑笑，“他以前跟我妈也这样儿，动不动就小脸子。”

梁赞若有所思地看着新容。

“怎么了？”她问。

“我在想你说的话，”梁赞说，“我们什么时候点过灯呢？”

“给你点儿阳光你就灿烂。”新容的脸一板，转身回自己房间，打开门后想看梁赞是不是也回房了，刚转身就撞到他身上，“你干什么？吓我一跳！”

“我跟你说件事儿。”梁赞推了她一把，把她推到房里，两手把她摁在墙面上，用脚把门关上。

“你干吗？！快放手——”新容让他按得动弹不得，有些急。

“你老实待着。”梁赞没什么好气儿，手底下使了点儿力气，不让她乱动，“我不会做什么坏事儿的。”

新容让他说得没意思起来：“你放手！你有老婆——。”

梁赞一下沉默不语了，新容听见他的胸口里面拉风箱似的，一呼一吸地喘气，好像生了很大的气。

两人僵了一分钟左右。“到底要说什么？”新容问。

“没什么。”梁赞泄气地一撒手，拉开门走了。

新容呆站了一会儿，走廊里铺着地毯，听不见梁赞的脚步声往哪里走了，但她能确定他没回房间。

新容洗完澡准备睡觉时，隔壁还是一点儿动静也没有。她打了电话过去，也没有人接。

新容换了衣服，先去酒店内的酒吧看了看，然后下楼在大厅找了个朝着门的沙发坐着。等了差不多一个小时，梁赞和老段从外面回来了。果然是喝了酒，梁赞的脚底发飘，笑嘻嘻地。

“喝酒去了？”新容迎上去。

“不听劝啊，越劝越喝。”老段一脸苦相，“血犟！”

“我没喝多，”梁赞跟新容说一句，睨眼看老段，“怎么着，嫌弃我？忘了你在广州喝多时我怎么侍候你了？”

“他妈的一报还一报。”老段笑着说。

新容陪着他们上楼。“你回去睡觉吧。”梁赞跟新容摆摆手，“老段今天住我这儿，三陪。”

老段也劝新容：“你去睡你的，没事儿。”

第二天，老段带他们去郊区一个草莓园。是自助式，草莓现摘现吃。脸孔晒成棕金色的少女一手接钱一手递给他们一个篮子。篮子里面放着几个纸袋，他们可以把草莓采下来装进纸袋里，离开时过秤买走。老段说：“你们宰人不用刀，五十块一位摘草莓，摘下来带走的还额外要钱，血黑。”

少女笑容灿烂，说：“成本高嘅，老板你一尝就知道了，我们的草莓品种好口味好，一点儿化肥没有，产量低，是天然的维生素C哎。”

草莓红通通的，躲在叶子下面，比市场上见到的要小一倍，新容觉得有点儿恐怖，那么多的草莓，像一颗颗微型的心，红通通果肉上面粒粒斑点，在光线变换的时候，像是心在跳动。

梁赞摘了一颗吃：“嗯，挺好。”

“他妈的，”老段也摘了一颗丢进嘴里，喔哼一声，“血甜。”

“早就跟你们讲了嘛，”少女笑，“一分钱一分货喽。”

苏启智一大早拉着脸，闹着要回去，徐文静费了不少口舌才把他劝来散散心。进了园后她和苏启智手拉手走在地头边儿上。徐文静摘了几颗草莓吃，也说好，还摘了一颗送进苏启智的嘴里。几分钟后，苏启智的嘴角流出血来，比草莓汁更鲜更红更艳，徐文静手忙脚乱地拿出一大把纸巾捂过去，几秒钟就洇透了。他们赶紧回到车上，幸亏开的是老段的CR-V，放倒一张椅子让苏启智躺下来，血还是顺着嘴角往下淌。梁赞撒腿飞奔到附近的小超市买了好几盒抽纸回来，几个人各自捧了一盒纸，往外抽纸去捂顺着苏启智嘴角流出来的血。

“我不知道一颗草莓也能害死他——”徐文静脸色苍白，蜷在苏启智身边。她个子矮，最近又瘦得厉害，像个小孩子。

新容伸手在她肩上拍拍：“不关你的事儿。”

“都怨我都怨我，好端端的去摘什么草莓——”老段满脸满头都是汗珠子，直接把车开进了医院。

“身体都这样儿了还出来旅游，你们是怎么想的？”医生给苏启智止了血，训斥他们几个，“幸亏来得及时。”

“对不起、对不起。”梁赞一迭声地说。

血很快止住了。又休息了一夜，第二天上午苏启智闹着要回去，梁赞找医生问行不行。“强弩之末。”医生很文艺地说了一句，给苏启智打了针，吃了药，嘱咐梁赞慢点儿开，就让他们出院了。

老段一直把他们送到高速路口，买了一大包纸巾饮料糕点之类的东西，替他们搁到后备箱里。

梁赞搂了他一下，在他后背拍拍，说了声“再见”就走了。

苏启智是二十天后死的。

那天新容一早起来心就乱得不行，又慌又忙，喘不过气来，看什么都不顺眼，用老段的话说，血闷！血闹！血烦！她在单位借稿子的事情发了一通脾气，发完才发现大家都不吭声，连老聂都保持着沉默。

他们这么让着她，弄得她自己反遭了一顿抢白似的，更加懊恼。

下班后梁赞送她去医院，徐文静呆坐在病房里，她饭也不好好吃，瘦得快脱相了。

“今早上开始昏一阵醒一阵的，中午还吐了血，不能有事儿吧？”徐文静问他们。

他们也说不好。

“要不我带你去问问医生？”梁赞问。

徐文静点点头，两个人离开了。

新容坐在刚刚徐文静坐的椅子上，离苏启智也就一米远。看他枯柴一把，脸如黄纸，整个五官都塌陷了下去。新容不知道他是谁，反正不是苏启智。

突然地，苏启智睁开了眼睛，唬了新容一跳。他直直地定定地着了魔似的盯着新容后面，仿佛那里站着人，或者正发生什么有趣的事情。天气越来越热，新容来医院时，街上好多少女穿起了吊带裙。可现在在闷闷的病房里，新容整根脊梁骨给苏启智盯得冒冷气。几分钟以后，苏启智的眼光慢慢地转向她，好像想说句话，但刚一张嘴，一口血花抢先窜射出来。新容正凑过去想听他说些什么，有一些血点溅到她脸上，然后她看见苏启智鼻子里面也有两柱血涌出来，像两条蚯蚓在慢慢地往外爬。新容赶紧按铃叫人，手指哆嗦得不行，只知道死命按下去了，不知道是不是真的按响了，接着她悚然发现苏启智好像眼睛耳朵里面也有血涌出来，便慌慌地往外跑，膝盖被门边狠磕了一下，她站在走廊里没命地喊：“医生，护士！医生，护士！”

医生护士一下子挤满了病房，新容跺着脚走出去不是站着也不是，有护士提醒她她才发现自己鼻血又流出来了。她顺手抓起一盒纸巾，抽出一把团一团按到鼻子上头。看医生攥着拳头，在苏启智的胸上咣咣咚咚地捶打，即使苏启智的心脏能再跳动，只怕肋骨也要断个三五根。

后来病房里一下子安静了。转眼间人也都没了，就剩新容一个，她往床上看，苏启智的眼睛还是睁着的，一副死不瞑目的样子，眼角、鼻孔、嘴角、耳朵，都有血迹。她全身的汗毛都竖起来，想要跑，却仿佛有双手从水泥地里长出来，抓住了她的两脚。

“爸——”不知怎么着，她一下子就喊出来了。

又过了几分钟，徐文静和梁赞回来了，可能已经听到消息了，在走廊里跑得轰隆隆响。梁赞先跑进来，一看床上的情景，扎撒着两手呆了一呆，上前把新容抱在怀里。

“没事儿吧？”

新容木木地梗在他怀里，眼睛望着门口，一句话也说不出来。徐文静整个人堆堆的、颓颓的，趟地雷似的，一寸一寸地往病房里挪。几米远的距离走得万水千山，她走到近前，往床上看了一眼，就腿一软倒在床前。

新容蹲下身，抱住了她。

徐文静全身都在哆嗦，两排牙齿咔嗒咔嗒地打冷战，新容眼泪涌出来，拍着她后背说：“不怕，不怕。”

梁赞也蹲下来，把她们两个都搂在怀里。

“没事儿，没事儿。”

“谁是家属？”有个护士出现在门口，说，“你们得去续钱，费用不够了。”

“你们有完没完，人都死了还费用费用的——”梁赞火了。

“这屋里不是还有喘气儿的吗？”护士也不是白给的，“你们的钱又不是往我的账户上存，跟我发什么脾气？”

黄励接到梁赞的电话，跌跌撞撞地赶过来，还赶得及握一握苏启智仍然温暖的手。

徐文静叫了一声“黄姨”，扑过来抱着她哭。黄励没想到这个，扎撒着两手，任她哭了一会儿，才叹口气，伸手抱住了她。

梁赞忙里忙外，找了人给苏启智擦了身子，换了早先预备好的衣服。刚把人收拾好，尸体中心已经来了车，把苏启智接走了。徐文静放声大哭，奔着要去抓苏启智，被黄励和新容死命拉住了。

梁赞忙完尸体中心的事儿回来，看见娘仨儿坐在空了的病房里发呆。别说她们，就是他自己，一眼瞥见那空空荡荡的空铺，也一脚踏空似的发虚。

“人都走了，我们也别坐在这儿了，找个地方商量商量后事吧。”

梁赞把她们拉到一家“咖啡语茶”，先让服务员每人上三条热毛巾，仔细地擦了手脸，然后才叫东西喝。

说起办丧事，梁赞问徐文静怎么想，她茫然地看看他们：“我不知道，该怎么办就怎么办呗。”

“是不是要回去办呢？”梁赞说，“你们俩单位同事，亲戚朋友什么的——”

“还是在这边办吧，”徐文静看了黄励一眼，说，“我们的事儿一闹开，单位就把他调到图书馆了。馆里一共没几个人，他从来也不跟他们打交道。至于我家里那边，早就跟我断绝关系了。他家好像也没什么亲戚。”

梁赞看看黄励。黄励点点头：“他就有个叔伯哥哥，在四川，多少年也没什么来往。我看也不用惊动人家了。”

“那就——”梁赞看一眼新容，“我们张罗着办了吧。”想想怕不妥，他又补一句，“好歹咱们也是个单位，别的没有，人手总还能凑上十个八个的。”

商量好事情，梁赞把徐文静送回酒店，接着把新容母女送到家。

“你先上去吧，妈，”新容说，“我跟梁赞说点儿事。”

黄励看他们一眼，先上了楼。

两个人坐了一会儿，新容叹了口气：“没有你我可怎么办？”

“没有我你什么都能办。”梁赞说，“我们刚到杂志社那会儿，我每次见你，你都在干活儿，拼命三娘。”

新容笑笑，看看梁赞：“抱抱我吧。”

梁赞倾过身子把她抱在怀里，过了一会儿，笑了。

“你笑什么？”新容问。

“如果现在我让你跟我回家，你肯定会跟我走的，但那样一来我就成了小人了，不要说你，连我自己都看不起自己。不过，只怕过了今晚，也过了这个村，再没这个店了。”

新容没想到梁赞长得人高马大，倒长了一副玻璃肚肠水晶心肝。

不过他把话挑破到这个程度，她反倒不能承认了："谁要跟你回家了？别臭美了。"

"我又自做多情了？"梁赞自嘲。

"你也折腾得够呛，早点儿回家休息吧。"她拉开车门，"我走了。"

梁赞一句话不说，看着她。

"我走了？"新容又问。

"你再罗里吧嗦的，"梁赞笑笑，"我就不让你走，把你拉回家去。"

新容这才下车，低头看着梁赞。

"好好洗个澡，睡一觉吧。"梁赞轻声说，一点油门，车子窜进了夜色。

葬礼前，新容拉黄励去了一趟"卓展"，一人买了一套黑色套装，照着自己的款式，给徐文静也挑了一套小号的。

"干吗花这个钱？"黄励一看价签就急了，"我结婚也没穿过这么贵的衣服啊。"

"平时也能穿。"新容低声劝。

"正经寡妇是人家徐文静，我穿上算什么？"黄励嘟嘟囔囔的。衣服一穿上身，到底是名牌货，马上把人衬得有模有样儿，连气质都出来了。黄励又惊又喜地看了新容一眼。

“要不，我要套别的颜色，平时也能穿出去。”黄励跟新容商量。

“那我再给你买一套。”新容说。

“别别别，”黄励心疼钱，“就这么着吧。”

新容让售货员开票。

不光外衣，内衣、衬衫、鞋子、袜子，连抹眼泪用的手绢都每人买了三个备用，黄励心疼得直抽冷气。

买完衣服新容又把黄励拉进“紫梦”，专点那个收费最高的“大工”阿坚给黄励设计新发型。“紫梦”在新容的杂志上做广告，算是关系单位，打了个六折还要七百多块钱。

黄励死活不肯，被新容硬摁在椅子上。新容也想顺便给自己焗个油。大工刚过来，她就接到徐文静的电话，声音里带着哭腔儿：“新容，你来一趟行吗？”

新容把黄励安顿好，拎着要给徐文静的东西去了酒店。刚敲了一下徐文静就开了门，她憔悴得不行，黑眼圈儿像是让人打了两拳。

“我不敢睡觉，一闭眼睛就觉得苏老师在房间里四处遛达呢，还念诗。”徐文静可怜巴巴地说。

“境由心生。”新容说，“是你自己总想着这件事情闹的。”

“不是，”徐文静四下看看，“他真的在这儿。”

房间是普通的双人间，两层窗帘都挡着，屋里又闷又热，空气很坏。徐文静穿着衬衫牛仔裤坐在沙发上抱着自己膝盖还浑身哆嗦，确实有点儿邪门。

“他真在这儿的话，也不会伤害你的。”新容说，“听说，死去的人最惦记谁，对谁最放心不下才会守着他（她）。”

“他肯定在这儿。”徐文静哭出来了。

新容给梁赞打电话，说了这边的事儿。梁赞也想不出主意，说打听打听再给她们打电话，过了半个多小时他打电话过来，嘱咐她们收拾收拾，二十分钟后他带她们去个地方。

“去哪儿？”见到梁赞，新容问。

“还是老聂给想出的办法，说有个袁先生，治这种事儿是大拿。”

袁先生七十多岁了，房间里面非常简陋，点着线香。袁先生目光如炬，从他们一进门就盯着徐文静看。梁赞刚说有位亲人过世，他就微笑着对徐文静说：“这位先生跟你关系不一般啊。”

徐文静脸色煞白，顺着袁先生的目光往自己左肩膀后面瞅。

袁先生好像真能看见苏启智似的，和颜悦色地说：“别跟着她了，你该过河过河，该喝汤喝汤，别放不下这边儿的事儿，就是放不下，凭你现在还能做什么？晚上我给你烧点儿纸，送你一程。你赶紧走吧，赶紧走。”

念叨完，袁先生用红笔在黄纸上画了个符烧了，兑上点儿凉开水。盛水的杯子好像是二十几年前的搪瓷缸子，上面污迹斑斑。新容看了直恶心，但徐文静一点儿不含糊地把水喝了个精光。

“这样就行了，”袁先生对她的表现很满意，“剩下的事儿全交给我吧。”

梁赞掏出五百块钱放在袁先生的桌子上，带她们走了。

第二天举行葬礼时，黄励、新容，还有徐文静换上新买的衣服，三个人往殡仪馆告别厅门口一站，既庄严，又美丽。

“你们太漂亮了。”亦晴拿数码相机把她们三个拍了下来，凑过去给新容看，“爱与哀愁。”

“别瞎胡闹，”朱秀茹训她，“不看看这是什么地方。”

花店送来预订的白玫瑰花，来参加葬礼的人每人拣一朵戴在胸前。杂志社的人一个不落，都来捧场。

苏启智单位来了两个工会干部，看见她们三个并肩站立迎宾，非常意外，接着便露出感动的表情，态度也变得积极了。黄励虽然退休了，也来了几个平时跟她处得好的姐妹。见了面先是吃惊两三年没见过，黄励怎么越活越年轻，越来越精神，说了几句闲话又落到苏启智身上：“虽然他是自己招的，可你也真是命苦啊，现在又这样不计前嫌——”老姐老妹们哭得鼻涕一把泪一把的。

“这辈子他欠你，下辈子他为你做牛做马。”有人安慰黄励。

徐文静没料到她的哥嫂竟然会来，拉着他们的手，眼泪像扭开的水龙头。她哥嫂看看卧在几千朵白玫瑰白百合白菊花中间的苏启智，叹了口气，眼圈儿也跟着红了。

“已经到了这一步，就节哀顺变吧！”

梁赞没怎么在人前转，但新容看他处处都在。来宾致哀时，他跟朱秀茹一起，很规矩地给苏启智鞠了三个躬。

所有来宾致哀完毕，主持人又说了几句套话，宣布葬礼结束，苏启智身下的折板一开，他坠入滑道，待她们三个反应过来，玻璃棺材里面已经空了。

“苏启智！！！”徐文静和黄励同时喊出来，接着哭声炸起，黄励的朋友涌过来扶她，新容抱住了徐文静，泪水泉涌而出。

午餐是梁赞安排的，他的一个朋友开了一间小型日本料理店，被他包了场。小店环境清雅，服务员穿着和服等在门口，大家排着队去卫生间洗手，半个小时才洗完，餐厅中央一个大长条桌上摆着食物，长桌的一边是日本清酒，另一边是各种饮料，周围散开六张六人位的桌子。黄励跟朋友一桌，徐文静跟她兄嫂一桌，新容陪苏启智单位的人坐，朱秀茹和梁赞也代表杂志社陪着他们，剩下都是杂志社的人四处散坐着。

大家都夸葬礼办得好，没见过这么高雅的。

“苏老师名士风骨，到底和俗人不同啊。”他们单位的人感慨。

吃完饭人一拨儿一拨儿地散了，最后只剩下新容和梁赞。跟老板结了账，道了谢，走出店来，外面阳光炽热，街面反射着白花花的阳光。

“去哪儿？”梁赞问新容。

新容一时不知何去何从，黄励带着她的朋友们回家去了。单位嘛，刚才朱秀茹跟她说这几天不用上班，一是家里还有不少琐事要处理，另外，也尽可能多陪陪妈妈。

“那我们就随便走，碰到什么算什么，”梁赞问，“怎么样？”

“好啊。”新容说。

梁赞只是开个玩笑，倒没想到她竟答应了，扭头看她一眼：“真的？”

“真的。”新容说，“遇仙成仙，遇魔成魔。”

他笑了，把车开上一条路，新容懒得往外看，懒得想梁赞要把她带到哪里去，更懒得猜测他们之间会发生什么事情。她眯着眼睛，望着窗外一掠而过的街景，想着那天在大连，那个下雨的午后，她跟苏启智坐在酒店咖啡吧里聊天，她喝着刚送来的卡布奇诺，而苏启智只能闻一闻他要的蓝山咖啡。不过，在深吸一口气后，他脸上的表情倒比很多喝咖啡的人更陶醉：“你知道有个叫路易斯·辛普森的诗人吗？”他问。

新容摇摇头。

苏启智说，这位诗人写过一首叫《美国诗歌》的诗，他之所以记住了这首诗，是因为诗里提到了胃。接着他给她读那首诗，用很慢的语调：

不论它是什么，都必须有
一个胃，能够消化
橡皮、煤、铀、月亮、诗。
就像鲨鱼，肚里盛只鞋子。
它必须游过茫茫的沙漠，
一路发出近似人声的吼叫——

# Part 2

# 失意纪念馆

# 一刻钟

故事是真的。

女人是一个剧团的演员，不是龙套，是很有些名气的花旦。男人是南方部队的团级干部，部队重点培养的尖子。事情的开端缘于一封寄错的信，到底是他寄错还是她寄错，或者是寄错到他那里还是寄错到她那里，都无关紧要。总之，故事因为一次阴差阳错开始了。

花旦学戏是童子功，字认识不多，唱词背熟不少。对于情感的体会和理解，她比平常女人多出好多曲折婉转。后来随着形势变化开始演出一些革命题材的剧目。可再怎么样，剧团的生活比起平常人来，总归是花团锦簇的。花旦唱戏多年，对于男女情感，自然而然地学会了些欲擒故纵、收放自如的手段。再加上诗词底子又好，白纸上的黑字，她一出手就变成了舞动的水袖，让读信的人眼花缭乱、神魂颠倒。

男人是个才子，除了字写得好，还能画上几笔。在军营里，算是文武双全的人才了。军营里难得见到异性，偶尔见到一两个，战士们一窝蜂似的围着，平常姿色也给宠成了倾国倾城。男人才华出众，一般人物是不入眼的。原本因为寂寞，还有些随和的意思，有了鸿雁传书的红颜知己，便是除却巫山不是云了。

两个人的纸上恋爱进行了很久，一个红妆，一个武装；一个阴柔，一个阳刚；一个百媚千娇，一个威武神勇。后来发展到寄照片。花旦是练过眼的，照片简直勾魂摄魄；团长倒是朴实，可有军装衬着，不怒自威，平添了英雄气概。照片交换过以后，两个人感情更上了一层楼。以前涌到嘴边咽下去不说的话，如今也能脸红心跳地吐出口了。再后来，就到了谋求有情人终成眷属的地步。团长提交了要跟花旦结婚的报告，军队派人到剧团去政审。不想这一审，审出问题了，花旦祖父是资本家。根不红苗不正。要是配一般人也就睁只眼闭只眼了，但这个年轻的团级干部是部队里寄予厚望的，日后要有大发展的。上级的回答是：不批准。

两个人对困难也是有些准备的，但总归还存着些侥幸心理。打击真的摆在面前了，两个人一南一北的，隔着遥远的山山水水，痛苦着对方的痛苦。情到深处，死倒比分手更容易接受些。难过了一阵子，豁出去了，私奔。在她，倒是轻易些，毕竟是和戏一起长大的，在戏里私奔过多少次了。轮到现实里，心情惶惑是难免的，但总归还有那么点儿底气。在他却是反复权衡，军营不是等闲的地方，一只脚踏出去，再也没有回头路了。但英雄气概也同时在他内心里昂扬着，人家弱女子都能抛弃一切，自己七尺男儿，怎能临阵脱逃？何况，那时全心全意都是爱，宛若飞蛾，死也要扑到爱人火热的怀里。

他们约了在中间的一个城市见面。城市是陌生的，夏天有火炉之称。她的皮肤从小上重妆画油彩，有些粗糙，还落下雀斑似的小点点，平时在北方她不化妆不出门。她在化妆方面算是行家。她没想到会遇到这么热的天气，简直是一只鬼手，把她的美丽从脸上扒皮似的扒下来。

他是后赶来的。来之前，已经把军装脱掉留在部队了，那可不是一套平常的衣服，脱掉它，相当于脱胎换骨了。

他们在约好的旅馆里见了面。

她的妆糊得一塌糊涂，以往的美丽变成了斑驳的墙，东一块西一块的，越紧张，汗流得越多，脸上的疵点暴露无遗。她简直手足无措了，以往的那些俏丽手段，全都派不上用场了。

他也出汗，私奔从预谋的那天起，就让他心神不定，寝食不安，人明显地消瘦下去。刚刚又坐了一天一夜的火车，人快要脱相了。偏偏又失去了军装。以前，他为自己的身份自豪，多少还有些居高临下的意味儿，是红花对绿叶的感情。现在才发现，所谓的坚强，大部分是来自身上的那层绿色铠甲的护佑。

他们见面的时间是一刻钟。

这一刻钟是梦醒时分。他们的决心是飞蛾扑火式的，因为爱，他们相信火里有凤凰，飞蛾再生，变成凤凰，为此付出任何代价都是值得的。他们没想到千山万水地赶来相见，火熄灭了，只剩下了灰。飞蛾不仅变不成凤凰，连想象中温暖而绚丽的火光都失去了。

这一刻钟，他们失去了他们所有能够失去的，还把他们不能失去的也失去了。

女

二

女二通常是个悲催角色，是先有亮，然后为了让亮更亮而标配的瑜。这个瑜完全可以换个偏旁，玉换车，变成输，女二号注定是个输家。女二的标配是为女一服务，偶尔光芒乍现，抢得一小席灿烂光景，那是出了意外，咸鱼翻了生。而女主角是美人鱼，有长发、丽颜、美胸、细腰，还有一个浪漫主义加魔幻现实主义的尾巴——各种客观条件的撩人和吸引，还要加上主观刻意的起承转合，想不夺目也难。

女二里面比较著名又比较讨嫌的是红娘。待月西厢下，迎风户半开。崔小姐大家闺秀，寂寞难免是寂寞的，但哪个大家闺秀又不是如此呢？待月西厢，寂寞里面倒也有股诗意，千红万紫安排着，只待春雷第一声。但等不及的是红娘。风流倜傥的张君瑞一亮相，红娘就把持不住了，各种拿捏，乔模乔样，只恨自己没本事变女一，转而把一腔心情期望寄在了女一身上，急煞煞地迎风把门户半开，里勾外结，里呼外应，好一顿忙活折腾，折腾出一段私情，著名程度直逼入骨。司马相如和卓文君要不是有《凤求凰》，只怕还真招架不住。《凤求凰》里，佳人不在东墙。《西厢记》里面崔莺莺来到了西厢。《西厢记》真实版里，张生对崔莺莺始乱终弃，有情人终成眷属不过是戏台神话。红娘老了，被从大户人间里打发出去，就变成了市井里的王婆，仍旧不安分，弄出了西门庆和潘金莲这一对公案。

女二里面，比较好的是小青。

小青是条蛇，女一也是条蛇，白蛇。

白蛇修炼了一千八百年，青蛇修炼了五百年。按理说，青蛇的颜色才是正常的，白蛇倒有可能是得了白化病。但也可能是修行久了，修出了随心所欲的肤色。一白生百媚。白蛇修成了人身，带着小青来到人间，千年走一回。白蛇起了个名字，白素贞。青蛇将就着，唤做小青。女一和女二，从一开始就定了基调。

白素贞西湖赏景，看上了许仙，呼风唤雨，行勾引之事，小青旁边看着；白素贞把许仙勾引到手，两个人成了亲，过上了日子，小青旁边看着、陪着。神仙眷属的故事太顺利太美好了，也让人起腻，于是弄来个法海和尚，搅起了风云。法海火眼金睛，一眼看清在这个爱情故事中，许仙是一个薄弱环节，就挑拨开了，什么不好玩儿，弄条蛇当娘子天天在床上抱着睡觉？许仙一听就麻爪了，就灌白素贞雄黄酒，让她显了形，结果第一个受害者是他自己，这个绣花枕头吓得死过去了。所有这些发生时，小青急白蛇所急，但还是看着陪着，参与但不抢戏。白素贞盗来千年灵芝，救了许仙的命，他却一转身逃进金山寺去找法海了。白素贞急了眼，挺着个大肚子水漫了金山。小青看着陪着配合着，她和白素贞一起，文艺戏码变武打。及至到了断桥，人蛇情未了，夫妻二人相遇，小青——终于有戏份了——她举起剑，非宰了许仙这个忘恩负义的东西。千年等一回啊，女二好不容易有个露脸的机会，女一白素贞于紧要关头冲出来，一边阻着剑，一边护着情郎，跟小青咿咿呀呀，跟情郎呀呀咿咿，风头抢得风卷残云。女二和男一变成了戏架子。搭着女一这份幽怨缠绵，千回百转，像两只水袖，一会儿甩脱，一会儿笼络，一会儿又甩脱，一会儿又笼络，女二小青只怕心下暗忖，女二和女一之间的距离有多远？一千三百年。

为小青喊冤的人有。香港著名作家李碧华写了小说《青蛇》，让女一白蛇和女二青蛇华丽丽地互换了身份。小青变成女一仍旧恪守底线，她没变成第三者。为了配合小青的妖娆，李碧华把老核桃法海变成了青葱少年法师。蛇妖小青和法师小青，两个小青碰撞在一起，一汪春水中激起天雷地火，把古老故事变成了青春戏，男二年少气盛，上天入地，秀颜值秀肌肉秀法术。女二的修炼不足摇身一变成了优点，腰身如柳，风情初绽，耍宝卖萌，把白蛇的老辣资深完整地还原成老气横秋。

撬动地球没什么难的，难其实难在找到合适的杠杆。

小青为什么能咸鱼翻生？可能是原版故事里面，她把女二的本分表现得太好太彻底了，这么循规蹈矩，倒让人看着不服气。于是就有好事的作家或者编剧，跳出来没事儿找事儿了。

# 刺客们

我读的第一本武侠小说是《玉娇龙》。那会儿刚上初中，记得小说里有一个细节，玉娇龙在床上背对着碧眼狐狸躺着。碧眼狐狸当她睡着了，在房间里四处巡视。待她不经意间转过头来时，发现玉娇龙已经是正对着她躺着，却仍然摆着沉睡的姿态。碧眼狐狸着实吓得不轻。

比比皆是的这类浪漫奇诡，使得武侠世界宛若一卷大幕，在读者们的想象空间里徐徐铺展开来。少年时候看多了武侠小说，我经常希望或者说几乎可以确定，有个神秘的组织，或者某个人，会在某一天忽然把我带走。几年以后我重新回到这个世界上，我已经身怀绝技。在平常的日子里，我是最平常的人，被人忽略，偶尔也被别人戏弄嘲笑，但是一旦出现了险恶的情况，我会从人群之中像神仙一样飞起来，从腰间抽出一条软软的像绸带子一类的东西，迎风一抖，它就化为干将莫邪一类的宝剑。

后来我发现这个故事是真的，只不过发生在别的女孩子身上，她叫聂隐娘——这个名字起得好，武侠传奇之类的故事中，主人公的名字都自带故事和气场，英姿勃发——本来她是个大家闺秀，有一天被上门求布施的尼姑看中带走，多年后回到家中，已经是沧海桑田。聂隐娘的师父在她脑后开了个神秘的鞘处，能藏匕首；聂隐娘的本事之大，几乎是无限的，能于市井取人首级，而人莫能见，取来的首级则用药化成水。金庸笔下的韦小宝也用过这种药，不知道是否从《刺客聂隐娘》里偷了师。

有一天有个磨镜少年到家里来磨镜，聂隐娘对父母说，我要嫁这个人。于是就嫁了。江湖夜雨十年灯。江湖太神秘了，太浩渺了，太跌宕了，什么都能埋在里面而不动声色。每个人都能从江湖里舀出自己的那瓶水，云在青天水在瓶。

鲁迅先生的《传奇》第一篇，是《铸剑》。眉间尺的父亲是著名的铸剑师，奉命铸成雄雌两剑，“纯青的、透明的，正像两条冰”。名剑铸成之日，铸剑师留了雄剑在家，嘱咐妻子待儿子长大成人后替他报仇。果然不出所料，第一个用血饲雌剑的人便是铸剑师自己。眉间尺长到十六岁，遵父母命去报仇。雄剑出世的刹那，“窗外的星月和屋里的松明似乎都骤然失去了光辉，唯有青光充塞宇内。那剑便溶在这青光中，看去好像一无所有。”

眉间尺穿着青衣，背着雄剑，衣剑一色地出了家门。心思用得细，架子搭得足，奈何却没有本事。这时候出来一个剑客，行侠仗义，愿意为眉间尺代行复仇大事。他砍了眉间尺的头做诱饵，去见大王，说自己变得好戏法儿。这个好戏法儿是眉间尺的头在一锅沸水里涌动，挤眉弄眼，还可以歌唱，大王在锅边看得入神，被剑客挥起雄剑砍落了人头，落入沸水锅中。仇人相见，哪怕只剩下头，也要切齿互咬，眉间尺到底是个少年，他几乎还没真正长大，遇见的人却一个比一个狠毒决绝——母亲要了自己的命，绝了他的后路；剑客为了要大王的命，先要了他的命；大王没了命，也能咬得他面目模糊。侠客帮人帮到底，他砍了自己的头——这一笔最最光彩照人。江湖儿女，一言既出，不负如来不负卿，真正是荡气回肠——加入到沸水中的咬局，咬得大王无法喘息，三个人最终炖成了一锅人头汤，血肉都混在一处，爱恨恩仇炖到烂熟。

余华年轻时写过一个短篇小说，叫《鲜血梅花》，主人公阮海阔就是翻版的眉间尺。一样的懦弱优柔，一样在母亲腹中便肩负着为父报仇的使命。阮海阔背着父亲的梅花剑浪迹天涯，寻访仇人，茫然无助。梅花剑在他肩上，随着他的奔波已经生出了斑斑锈迹。他在茫然盲目的寻仇之路上，顺便替人传递了两次讯息。这两次他并不明白就里的传递，阴差阳错地召唤了两位高手——黑针大侠和胭脂女——他们通过传递过来的讯息找到了阮海阔的仇人，杀死了他。《鲜花梅花》比起《铸剑》，少了呐喊，多了彷徨。

刺客们虽然以杀人为己任，但行为气度经常会气贯长虹，荡气回肠，如此激烈灿烂，连太史公也沉迷于此，《史记》里辟有《刺客列传》，让他们佩刀持剑，堂而皇之，登堂入室。

# 妙行无住

我对灵隐寺的喜欢颇有“粉丝”意味。名城，名寺，名僧，名胜。灵隐寺是寺院里面的天皇巨星。我去过四次灵隐寺，每次都是游人如织，香客络绎，繁荣景象几乎让人忘却这是在佛门中。这次也和以往一样，总有人要我去摸这个，摸那个，说是摸了便有福报。济公和尚躺过的石头，更要从头到脚摸过来，会平安会发财会好运，说的那么玄虚，几乎会让人觉得石头不是石头，而是济公的化身卧在那儿了。但即使是济公的化身卧在那儿，也不见得摸一摸就能中大奖，干这类事儿圣诞老人更在行些。

那个女人自充导游，一路跟我到灵隐寺的门口，嘱咐我烧香。我执香的姿势不对她都没纠正，在寺院门口收了我的钱后，她说阿弥陀佛保佑我，把我逗笑了。我自己进寺，烧香，拜佛，心很诚，虽然我也知道，人是要自己保佑自己的。但面对佛像，生出净空的心愿，哪怕是短短一瞬间，也是颗定心的丸。

从药师殿出来，看见有个女人，在石阶上一步一跪地拜过来，周围的一切事物人物，在她的眼里是统统不存在的。她念着的人横在她的心里，她托着他（她）来跟佛乞求健康。香客、游客、看客走来走去，这个女人悲愁和虔诚显得格格不入。

拜过佛，出门前我在寺院的木椅上坐了一会儿，拿出手机想给好朋友们发短信，就像粉丝们遇到美食要拍照，遇到奇景要发微信，到了某个特别的地方要寄明信片一样。但想想这些琐细，本来无一物，何必惹尘埃？

第二天去普陀山。

几年前去蓬莱，在一个绵绵细雨的春日去看蓬莱仙境，站在海边，确实烟波浩渺，确实仙气翩然，可定睛细看，建筑是新的，很丑的复古派；游人大声喧哗着，呼朋引伴；树木和花朵是县城的绿化常用品种，旅游纪念品商店里挂着琅琳满目的垃圾货。难怪八仙要飞走，白云千载空悠悠。

去普陀山也有同样的心情。风光是好风光，植物是好植物，百步沙千步沙的浪花，卷起千堆雪，不断翻涌至脚前。但总有某种缺憾，哪怕是不断提醒自己，观音菩萨曾现身于此啊，也无法弥补某种空洞。

观世音的故事不少，我最喜欢的一个是，观音世菩萨曾发愿度尽天下苍生，可是，天下人实在不争气，度来度去度不完，她陷于绝望中，身体崩溃成无数碎片。这时弥勒佛在她头上三尺施法力，保全了观世音菩萨的法身。

菩萨也会绝望崩溃，这么平易、亲切，真好。

我们住在普济寺里，凌晨四点钟的时候去听早课，天还没亮，光线是银灰色的，寺里面已经满满登登的了，烛光闪烁，香烟缭绕，齐声唱诵的佛经像一个个无形的法轮在大殿，在每个人的头顶身上环绕——我们也听不懂什么，人家合掌我们也合掌，人家跪拜我们也跪拜，心里还在感叹，原来这就是早课啊？

拜完之后问正进师父：“我们拜得对不对啊？”

正进师父笑答："你们拜得很虔诚。"

原来拜了那么多拜，姿势都是错的。不过，也没关系，佛不在乎这些小小形式，佛在乎心。而我们的心里，小火苗似的，煨着一团善意。

普陀山的人，脸上都有一层善意。游客里面不乏面相凶恶，行事霸道、各色的人物。在这里，也都像被透明的金钟罩罩住，恶变得尴尬了，进退无着，很有戏剧性。

忽然就觉悟到普陀山的好来，这个佛岛就像一池水，游客们噼哩啪啦往里跳，想洗净尘埃，重新变成干净的自己，而普陀山任由人往里跳，多少的阴暗肮脏全能承担，而水永远是清洁的。当然了，水是自己的水，清洁是自己的清洁，一切变化都在念想之间。

倘若做"粉丝"，做个观世音的"粉丝"倒也不错啊，像欣赏一场演出一样来普陀山，烧烧香，拜拜佛，听听树声、涛声，看看观世音的笑容，那笑容九曲十八深，一动不动都会迷路。

呵呵，这样说的时候，已经住相了啊。

离开的时候还是坐船，船行了一阵子，从窗口边回望普陀山，那么空灵，幽远，一个浪花扬起来就能把它遮住。

# 茉莉花，一夜满城香

说起茉莉花。从哪里说起呢？民歌里面有《茉莉花》。劈头就是一句：好一朵美丽的茉莉花。定位也好，感慨也罢，不由分说，铁板钉钉儿。这就有些没意思了。“好一朵美丽的”，这种带着叹息般的赞美，从感觉上更适合形容比较大的花朵，比如牡丹，比如荷花，一个是“云想衣裳花想容”，一个是“映日荷花别样红”，这种气势和格局，才适合“好一朵美丽的”。茉莉花小模小样，上来一句“好一朵美丽的”，真是大惊小怪。

茉莉花其实也算不上是美丽的。花形，花样，花性，在花花世界里，别说是佳丽了，就连佳丽身边的闺密，也轮不上她。它能在众芳国里谋得一席之位，是靠了它的香气。汉朝时，茉莉由印度引进，“疑是化人天上至，毗那一夜满城香。”茉莉实在是太香了，香得浓郁，推不开躲不开的，沁人肌肤也沁人心脾，就像一个女子，相貌平庸，出身寒苦，怎奈风韵十足，因此而成了市井巷陌里的明星，倒比那些冰山美女们更撩拨春心，剪不断理还乱。

茉莉花大多是白色，也有淡紫色。古代时，有红茉莉，色艳但无香；还有朱茉莉，开粉红色花；《广东志》记，雷琼二州有绿茉莉，花似茑萝；有黄茉莉，名黄馨。朱茉莉和黄馨，是两个好名字，朱姓黄姓家庭里面，生了女儿，取这个名字，名字里面嵌了茉莉，余音绕梁，暗香浮动，多么好。

茉莉的好，好在它的市井气。没什么架子，不需要什么格局。花型小巧，虽不乏娇俏，但也终究沦于平凡庸俗，但浓烈的香气却又使它于低处突然扬起，它的热闹是家长里短的热闹，情调是闺房式的情调。

古时南越的女子，用丝线穿茉莉花心当首饰戴，干花则用来充塞荷包香囊；以茉莉鲜花蒸液，可制成女子滋润香肌的面脂。《东坡集》中有记载，“东坡谪儋耳，见黎女竞簪茉莉，含槟榔。戏书‘暗麝著人簪茉莉，红潮登颊醉槟榔。’”

苏东坡是天下最有趣味的男人，能“大江东去，浪淘尽，千古风流人物”，也能“日啖荔枝三百颗，不妨长作岭南人”，还能闲来袖手，欣赏女孩子嚼槟榔、戴茉莉。身边若有同道，必然还要跟人讨论下哪个燕瘦，哪个环肥，以及肥瘦不同的妙处。这个男人连菜也做得很好，东坡肉颜色酽红，油光十足，一副富贵荣华的样子。

茉莉也可入菜，想必苏东坡也试过，只是没有流传。茉莉虽是凡俗花朵，入了菜，格调却立时高雅起来。茉莉的花香，在花花世界里面，过于味厚了，但在食物烟火气中，却香出了一脉清奇。除了烹饪，茉莉自古便是制作香油和香水的原料，也是香茶的赋香材料。此外，还可入药入酒。因为民间，所以实用？还是过于实用，因此民间？

茉莉花的花型加上香气，很像民间俚语，细细碎碎磨牙似的闲言闲语，蜚短流长，巷口芝麻粒大的事件，口口相传，到巷尾变成了西瓜。这个过程最让人愉悦的是，我你他，均是“口口”的一部分。至于真相，谁管它？！

流言蜚语，是民间生活中最重要的一部分。没有流言的日子，相当于没放盐的菜，寡滋淡味儿的，多无聊。流言蜚语虽然难免要牺牲一小部分人的隐私，但它却让广大群众如此快乐空前团结，真是功德无量啊。现在到了传媒时代，多少星多少准星多少草根星，为了“吸粉”“搏眼球”，今天露底明日走光，浑身上下的N斤N两肉拍来拍去，男不男女不女，非男非女，忽男忽女，变化到变态的份儿上，真让人——

罢罢罢，还是去说茉莉花，“真香入玉初无信，香欲寻人玉始开。”

真要表扬茉莉花的话，也不是没有角度，茉莉随和、温情、也奔放热烈，“与王郎摘，美人戴，总相宜。”《茉莉花》虽然是民歌，却也堪称“一姐”，独秀于乐坛。《茉莉花》歌词早在清朝乾隆年间，既已形成。世界著名的歌剧大师、意大利作曲家普契尼创作歌剧《图兰朵》时，把《茉莉花》的曲调引入该剧。所以说嘛，茉莉这位民间一姐，入得厨房，登得厅堂，既博古又通今，低调高调，处理得甚有情调。

# 紫罗兰，爱情的象征

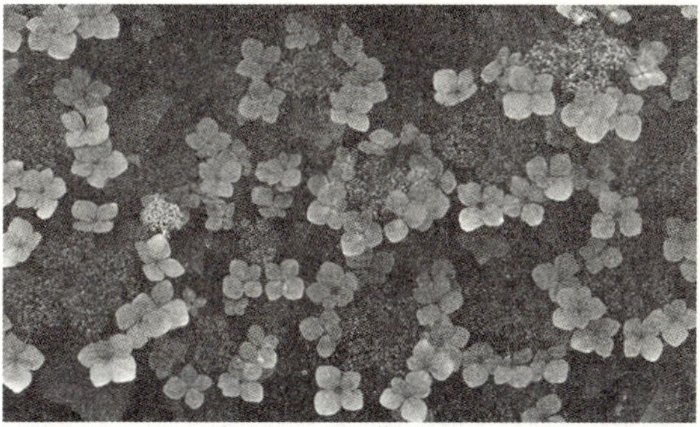

据希腊神话记述，维纳斯与情人离别，依依不舍，晶莹的泪珠滴落到泥土上。次年春天，竟然发芽长大，开出一朵朵美丽的花儿，这便是紫罗兰。

紫罗兰是草本植物中花朵最娇艳的品种之一，早期作为香药来栽培，21世纪初才被培育成观赏花卉。

紫罗兰给人一种强烈的诉说感，这显然和它的花形有关：花枝单茎，不蔓不枝，婷婷玉立；花开时，花序修长，花朵细密，如砌如雕。紫罗兰通常盛开于五六月间，常被园丁种植于窗前廊下。它独特而浓烈的芬芳气息，恰如恋人的情话絮语，在浪漫的春夏之夜，娓娓道来，浓情绵密，甜蜜温存。

爱情中的倾诉是爱意深切最好的证明，絮絮道道的本身蕴含着巨大的喜悦情绪，鸡毛变成孔雀翎羽，蒜皮则化为水仙的舞鞋，侃侃而谈，喋喋不休，直到两口做成一个“吕”字，才算暂时画上了句号。

恋爱中的男女，说什么其实不重要，说本身，才是重点。倾诉是危险的，全盘托出的，不只是日常种种，更是自己的心和身。为了吸引、收服对方，把自己当成了祭品。所以才说，问世间，情为何物？直叫人生死相许。而倾听的人，有主动被动之分。主动的，自然是跟诉说者两情相悦。语言就像层窗户纸，他们玩味着这层窗户纸。明明一个指头就能戳破，偏要弄成万里长城万水千山。那种起伏绵延，把情感的弹性拉成了长征。长征不怕絮语，不怕细小。爱情长征怕的是终点。所以，窗户纸很重要，有进候还要贴上各种剪纸窗花。而被动的，自然是成了诉说者的围猎对象。一个愿意给你讲幼儿园傻萌事件、中学时的初恋对象、大学时冒险故事的人，并不是在考虑让你当他的传记写作人，而是要把你网罗进他的个人经历辞典中，你将成为某个辞条，但也很有可能，你会变成他下次围猎别人的手段之一。

与诉说相对应的，是语言的消失。排除心有灵犀一点通，此时无声胜有声的境界；再排除掉眉来眼去，眉目传情，或者暧昧的身体语言。情人之间若是无言以对，或者言简意赅，相敬如宾，那通常意味着爱情的结束。

《倾城之恋》里面，风流公子范柳原最终娶了白流苏，但他不再跟她开玩笑了，他的俏皮话要省下来讲给别的女人听。回想当年他们在香港，范柳原带着白流苏去逛街吃上海菜，各种殷勤小手段。她说他有点儿傻，他答："跟你在一起，我就喜欢做各种傻事。甚至于乘着电车兜圈子，看一场看过了两次的电影——"流苏道："因为你被我传染了傻气，是不是？"范柳原笑道："你爱怎么解释，就怎么解释。"回想那时的你来我往，刀一句剑一句，难怪白流苏虽然修成了正果，却难免"有点怅惘"。

紫罗兰是情人间化解误会时的首选花卉，花语掷地有声："请相信我。"

如此坚定的花语和紫罗兰的浪漫很不协调，但细想其花所具的品性，又让人觉得可以接受。因为天性浪漫，所以容易移情；而越是容易移情的人，越擅长于表白、许愿、起誓。

爱情中的解释并不比爱情中的诉说有更多的漏洞，它们听上去不堪和尴尬，是因为情感先于身体的转移。正如同被抽走丝的茧壳，花谢之后的残叶，红颜凋零的美人，落魄无奈的英雄。

说到落魄的英雄，想起拿破仑，他失去皇位，被押解到圣海伦岛去之前，最后一次为约瑟芬扫墓，并在她的墓前种植了一丛终年开花的紫罗兰。拿破仑死后，他从未离身的金首饰盒里装着两样东西：一绺头发和两朵枯萎的紫罗兰；一个是他爱子的胎发，一个则是他跟约瑟芬的爱情象征。

唉，英雄气短，儿女情长。

# 半开之美

有个男人，娶了个美丽的妻子。每天晚上他们都会出去坐坐，夜总会，酒吧。和普通夫妻不同的是，他们分开坐。每天夜里，男人眼看着，很多男人去跟他美丽的妻子搭讪、调情。

美丽和珠宝一样，都是要拿出去炫的。炫出来了，人家才会惊叹、感慨，继而各种羡慕嫉妒恨。就像钱，花了才是你的，不花就只是钞票。男人娶的女人不只美丽，还强调，美丽是需要条件的。就像植物需要光需要水一样，美丽也需要追逐追捧追求。爱慕倾心的眼光本身就是美丽的保鲜剂。

男人是聪明人。他的聪明之处，第一表现在，他知道自己的美妻不像珠玉宝石，可以随他的意思藏着掖着。美妻是满园春色，他再怎么关得紧紧的，她还会一枝红杏出墙来。尤其是如今这个时代，非但要出墙，更恨不得要墙里开花墙外香。

他的第二件聪明之处，体现在他对外宣布美人是他的未婚妻。未婚，又妻，既亲近又隔着一层窗户纸。空间却就此产生了，还是一个弹性的空间。猎艳偷香的男人们垂涎女人的美色时，不能不顾虑男人的身份，又多少有些理直气壮。他把妻子的大部分春色关在家里，但每天晚上，他给她机会给她时间一枝红杏出墙。他的妻子处在男人的包围中，满足了虚荣心，但也仅此而已。她毕竟是出墙，是空中的斜画一枝，她几乎没有机会出轨，因为门钥匙还在丈夫手里攥着。时间久了，女人虚荣之外，难免底气不足，眼光流连最多的，反而是自己那坐在远处，若即若离的丈夫。

他给了她空间，也同时留给了自己机会。

这种情形持续了很多年，女人到了五十岁的时候，仍然有令人注目的风韵，男人则更加风度翩翩了。

绽放的花朵，美则美矣，但一览无余，终归少了些回味。微绽初放时，含着种种低回婉转，蕴藏着种种可能性，任是无情也动人。

很久以前有个男人，半夜里想念朋友，当即搭船赶路，天亮时到了朋友家门前，却转身又回去了。故事的有趣之处就在于此，兴之所至，兴尽而归。拜访的故事，要说极致，首推三顾茅庐，但论意味隽永，非这位性情先生莫属。

法国作家犹瑟纳尔曾经依据日本名著《源氏物语》里面的故事脉络，写了这样一个故事：

日本历史上有位源氏亲王，风流成性，情人无数，年轻时就与他年轻的母后偷情。他过了五十大寿后，发现同样的事情发生在了他的身上。他的第三夫人“西厢公主”与年轻的亲属偷欢。这件事情提醒他到了该和自己的青春告别的时候了。

源氏亲王到山中隐居，念佛经，过着清苦、寂寞的生活。

在源氏亲王的宫殿里，有一位女子，名字叫花散里夫人。她中等人家出身，容貌平凡，侍候过亲王的其他几位妻子。源氏亲王和她的亲密关系，是只在酒醉后的深夜拜访过她几次。他对于她的平凡带着种怜悯。花散里夫人深爱着源氏亲王。他身份尊贵，风度潇洒，他是无数女人的梦中情人；他是花散里夫人至高无上的男神。她低贱的心和身，在他面前匍伏为尘埃。

源氏亲王厌世进山之后，其他的妻子虽然也纷纷表示过对亲王的忠贞之情，但天长日久，也就各自整顿心情，投入到自己的新生活中去了。只有花散里夫人，她先是写一些深情的信，没有接到回音，便雇车马来到山中，但亲王表现得冷漠无情，把她赶走了。

花散里夫人不肯善罢干休，源氏亲王失明以后，她假扮成佃农宋平的女儿，再次成为他的情人。亲王发现她不是懵懂无知的村姑、而是知晓自己来龙去脉的女人，觉得受到侮辱，把她赶走了。

花散里夫人并不绝望。几个月以后，她又扮成了大和省七品贵族的妻子祝三君，为亲王唱了一首歌，源氏亲王激动了起来。花散里夫人又重新成为亲王的情妇。为了能与他长相厮守，她假装不知道他是谁。

他们在山中住了一段时间，亲王要死了。在弥留之际，他追忆自己的爱情生活，历数曾经在他生命的星空中熠熠生辉的女子们，第一位妻子蔡姬，在他的怀抱中死去的夕颜君，与他私通过的后母，她的美色即使在他弥留之际仍然令他目眩神迷。还有羞怯的空蝉夫人，温柔的明石姬，佃农宋平的女儿，小祝三君——

源氏亲王娓娓道来，此情可待成追忆。花散里夫人忍不住去提醒他，还有一个，还有一个女人呢——

但亲王已经死了，他忘记的唯一的一个名字，恰恰就是花散里夫人。她爱得太满了，爱得太用力了。她把自己像枝箭一样投射了出去，没有击中靶心，也没有了回头路。花散里夫人对爱情的狂热执着最终变成让人内心酸楚的独角戏。源氏亲王死后，她疯了。

花看半开，酒喝微醺。因为埋伏了心机，多了许多胜算。但也因为算计得太清楚了，少了壮怀激烈。

# 说到性情这事儿

有一句话说，性格即命运。其实，性情也是命运。

鸿门宴上，亚父世故，劝项羽除掉刘邦，越快越好。项羽本来也想杀刘邦的，但年轻气盛，与亚父赌着一口气。在他眼里，刘邦，一只臭虫而已，个头可能大了点儿，但仍然是一只臭虫。他连阿房宫都敢烧，一只臭虫算老几。亚父那么紧张，分明是小瞧了自己，偏不杀他，看刘邦这条咸鱼能蹦达到哪儿。世事难料，刘邦这条咸鱼还真的翻身了，不只翻了身，还跃了龙门。项羽兵败，落魄江边，想渡他过江的渔夫苦口婆心地劝，江东子弟多才俊，卷土重来未可知。项羽才没那份心思呢。胜就胜了，败就败了。道理像手里的兵刃一样雪亮。更何况虞姬刚刚当着他的面抹了脖子。这个女人活着时候漂亮，死的时候更漂亮，拿性命跟自己所爱的男人叫了一回板。什么叫以身相许？什么叫万死不辞？虞姬是古今少有的聪明女人，也确实担得起红颜知己的称呼。她不怕失败，但怕见到项羽落魄寒酸的样子。项羽的台面太大，赢得太多，输不起了。所以，她用一死而保存了项羽的自尊。

失败是很丑陋的。就像勾践，什么下作的事情都做了。最后雪了恨、复了国、做了王，可又怎么样呢？人们还是轻蔑他。项羽就正好相反，江山不过是个超级舒服的沙发，谁坐不是坐？谁坐能坐一万世？虞姬死了，项羽独活的话那还能叫爷们儿吗？风光也风光过了，排场也排场过了。项羽、虞姬临死还顺手在民间流传了一个爱情的千古绝唱，真是让人服气到吐血。

性情中人啊，性情中人。

性情体现在人身上，是个定音儿，是个调门儿，还是人生大戏的戏核儿。为了负心汉许仙，白娘子挺着大肚子也敢水漫金山，落得个被镇压在雷锋塔下的结局。这位看官说了，人家白娘子入的是仙籍，这话不假，可祝英台呢？她可是地道的人间制造。为了梁山伯那个穷小子，非跟自己的爹划清界限不可，非跟自己的万贯家财过不去不可。到最后，终于嫁了，半路上杀到梁山伯的坟上。那坟也跟着添乱，像情人的怀抱一样朝祝小妹打开了。于是乎祝小妹纵身跃入坟内，从此江湖又多了一个关于蝴蝶的传说。

性情是痛快的，爱就爱了，恨便恨了，不管不顾。相对于社会规则，性情不是革命者，而是贵族，用傲慢的眼神儿蔑视大众，因恣意妄为而触怒公共。难怪女人死揪着克林顿的要害处不撒手，凭什么呀？克林顿不是普通白领，身为美国最重要的形象代言人，竟然玩起婚外恋来了，竟然把风流事儿做到白宫里来了。还有长了一张猛兽脸的泰森，因为强奸罪蹲大牢，出狱没多少日子，又在大庭广众之下拿人家的耳朵当饼干咬。有记者问他，他还受了多大委曲似的直着脖子叫，谁让他老搂抱？！

要说性情这不合时宜的玩意儿真是害人不浅啊。克林顿绯闻曝了光，堂堂总统让人审得鼻子揪长了半寸。形象是狼狈了点儿，可更招人喜欢了似的。最惨的倒是告状的女人，一心追求司法公正，结果让纳税人骂得狗血淋头。还有风光正盛时的拳王泰森，甭管他干出多少野蛮行径，出场费的价码儿就是居高不下。他打一场拳赶上非发达小国一年的国民收入。上哪儿说理去？！

性情是一种紧张感，哪怕一言不发，也让人放心不下。它同时又是对生活中全部意外的最原初、最有说服力的解释，是所有置疑的终结。性情常常带来大惊喜，韦小宝能从小太监一步一摇身地变成韦爵爷，妓女的儿子能娶七个如花似玉身家清白的老婆，运气是外因，性情才是主要的。

所谓性情，即是“虽千万人，吾往矣”的任性，至于“往”到哪里去，只能走一步看一步了。

# 名叫后花园的酒吧

后花园酒吧在一个胡同里面，胡同跟繁华的商业街连着。商业街一条大路大起大落波浪宽，波浪因为被拉长，变得舒缓了。走在波浪街上的人和车，有起伏感但不会有障碍。说句实话，天底下的路哪有太平的？跟商业街相连的胡同有很多，“锦水”只是其中之一，一个小分杈，旁逸斜出。酒吧就在这个分杈的梢头。酒吧不是豆蔻梢头二月初，而是红杏枝头春意闹。红杏和春意，以及闹，不在门外，在门里。

后花园酒吧每天下午两点钟开门，卖酒，卖咖啡，卖茶以及其他的饮料，还有小食。小食有一搭没一搭的，像调情或者逗闷子，不饥不饱的，不能当回事儿也不能太不当回事儿。

六点钟以后，这里只供应酒类饮品。不是没有软饮料，不卖！不喝酒就喝水，水是无限续杯的。但光坐在这里喝水也是不行的，总得先点儿酒。哪怕你不喝，你开了盖放着，那也相当于是药引子，是中心思想，是你占据着一个桌子一个座位的保障。在这个药引子的提升下，在中心思想的照耀下，在存在资格的保障下，客人们大可以对着酒，以水代酒，水不醉人人自醉。

但水毕竟是水。形态跟酒有一拼，但内涵千差万别。后花园酒吧里的灯光，是一种水红色，有点儿像稀释了的樱桃酒，也有点儿像美人脸上的薄醉。

喝酒和做爱一样，是讲究氛围和情绪的。瞪着一对清醒的眼睛，板着一张冷静的脸——对于喝酒的人和想做爱的人来说，就像两肋插刀，没有比这更狠的了，没有比这更恶毒的了。酒吧酒吧，不喝酒到酒吧干什么？街上那么多咖啡语茶。桌上铺着格子桌布，桌布上摆着鲜花干花纸花绢花塑料花，还有糖和咖啡伴侣，沙发颜色鲜艳，和格子桌布相映成趣。音响里流动着《致爱丽丝》，或者韩流电视剧主题歌。咖啡对茶说，你是社会主义初级阶段；茶对咖啡说，你是糜烂的中产阶级。你是巧克力情人，我是桃花潭水。咖啡提起一股真气，茶能放松身心。咖啡处心积虑地系铃，茶不动声色地解铃；咖啡那边厢香囊暗解，茶这边厢罗带轻分。咖啡年少气盛，茶世事通达。咖啡和茶适合在有光的地方，安静的地方，慢条斯理地喝，想不通怎么还有人要到酒吧喝咖啡喝茶？一进门耳朵就被音乐震得半聋了，眼睛被灯光搞得半瞎了，美女们在樱桃色光晕里面身姿绰约。这时候，这种时候，喝的不是酒而是软兮兮的饮料？你是怎么想的？你是怎么想的？？你是怎么想的？！

扯远了扯远了，还是说酒，说酒吧。酒吧的名字叫后花园，这个名字起得好。后花园是个暧昧的地方。金风和雨露相逢的地方。是眉来眼去的地方，是意乱情迷的地方，或许也是以身相许的地方。它同时也是始乱终弃的地方，分手的地方，互相抱怨指责的地方，情侣变成怨偶的地方，用酒壮胆的地方，小人物变成大英雄的地方，硬汉变成一摊泥的地方……总而言之这是个混乱的地方，丢掉清醒的地方，失去理智的地方，是今宵有酒今宵醉，在我醉后哪管洪水滔天的地方。

后花园雇的侍应生清一色是韩流小鲜肉。他们上岗前要染头发打粉底画眼线。接受被女酒鬼亲脸蛋儿、被男酒鬼骂娘时如何接招、对已经喝多酒没钱再喝又偏偏要喝的酒鬼如何应付、顾客之间打起来时如何做出正确判断之类的职业训练。培训他们的是老板和老板娘。

后花园的老板气势雄伟，长相粗俗，一副没怎么进化好的样子，不说话时像个瓦片，像块砖头，像间毛坯房。老板娘就不一样了，皮肤白嫩，打扮入时，眼睛会说话，被老板的粗糙那么一衬，就像瓦片上的一汪水，砖头缝里的一朵花，毛坯房既豪华又不失品位的装修，别提多小巧玲珑温柔可人了。后花园酒吧的老板话很少，但一句顶一万句。而且他一开口就不像包工头了，像老板娘说的，我们老板是文化人。

# 夜晚的冲突

我是眼看着一楼的小店由小批发商店改造成小吃店的。开业那天，有几个女人堵在小店门口唱《莲花落》。这是旧年代里很优雅的一种乞讨方式。有一些老曲子自然是好听的，因为目的是为了讨好。我听了半天，她们唱的却全是流行歌曲，只是完全民间化了而已。就如同在大饭店里打包了剩菜回家，回了回锅，味道也失了大半了。街道两边好多人都围着看，离得远的，把脖子抻出老长。这几个女人唱过了歌，拿了赏钱走了。给人的感觉是，她们在一来一去之间变了个戏法儿，把小店的性质改变了。

东北的夏天，对于不太怕热的人是用不着空调的，但开窗是必要的。小吃部夜里烧烤羊肉串之类的东西，气味儿虽浓烈，飘到七楼这样的高度，还在可以忍受的限度内。食客的声音却比食物的味道传得高远，碰上几个粗声大嗓的，就像正对着窗外吵闹。

本来那天晚上想早点儿睡的，十二点左右躺下，听见楼下有男人一声接一声地喊服务员，要啤酒。在居民区的小街里面开的小店宵夜，应该不是太有钱的人，但气势却和有钱人一样足。要酒的声音一落下，争辩声就响起来。你妹妹我妹妹的，理论着，其中偶而有女孩子的声音加入，难怪男人们谈兴那么盎然了。细碎的吵闹声很不安分地持续了一会儿，就像一个快要绷裂的东西让人放心不下，果然就爆发了。啤酒瓶子摔在柏油路面上的声音在深夜一点钟听起来格外清脆。在尖利的哗啦声中，很容易想象出啤酒瓶子的绿玻璃碎片在狠狠的一击之后，如同水花溅起般四下飞舞时的景象。女孩子尖叫起来，然后是男人们拉扯的声音、谩骂的声音、责备的声音、劝架的声音，脚步声先是轰隆隆地冲向一边，然后又轰隆隆地冲向另一边。

我闭着眼睛，努力让睡眠以绝对的力量征服并统治这个夜晚。但这是不可能的，在一个小时之内，酒瓶子听上去似乎就在我的头顶上飞来飞去，而吵闹声像洪水泛滥，一发而不可收。有男人的哭起来了，不知羞耻地、毫无顾忌的哭声中伴着嚎叫声。女孩子的尖叫一共响了那么四五次，但每回都让人担心有刀子刺到什么致命的地方去了。

两点半的时候，我从床上爬了起来，既然不可能睡觉，那么就醒着好了。我坐到窗台上，听见对面楼传来一个女人愤怒的声音："如果你们再不让人睡觉，我就打110了！"

看来被株连的人不只我一个。但是，敢于发出抗议的却只有她自己。听声音她应该是中年女人，上有老下有小，正处于烦恼人生的阶段。她们通常很实际，对一件衣服和一把青菜的价钱计较得十分细致，还有，一个夜晚的睡眠能否顺利实现。而楼下那些凌晨时分还在宵夜、吵架，为女人的事情理论，继而大打出手的人来说，他们的思维模式就像两个世界的人。

从我角度看下去，楼下的男人有八到十个人，女孩子却只有两个，一个穿黑色一个穿白色。男人当中一多半儿光着上身，不知谁和谁打。其中一个被三个男人摁着，是肇事的主角无疑。他的确很不安分，三个男人也不能完全控制得住。他得空儿还会扔一个瓶子，砸人家窗板，并且抓紧一切机会要扑向自己的仇人。他不太出声，倒是那三个男人在喋喋不休。一个人一直在盯着他质问：“我以前骗过你吗？我说过的话哪回没兑现吗？我保证的事情什么时候没做到过？那么，你把事情交给我好不好？我来替你摆平。”可主角根本不听他的话，只按着自己的意愿出牌，隔着人头对着仇人说道：“你欺负了我妹妹……”这差不多是从他嘴里说出的最长的句子了，语言简洁的好处在于言下之意变得极为丰盈。它同时使气氛充满了紧张感，把一种杀气腾腾的东西注入给周围的人。就连坐在七楼窗台上面的我，都随时准备看见有人在刀光中倒下去。不时有出租车经过楼下，车灯会短暂地照亮他们，然后再把他们置于半透明的黑暗之中。

就像某种痉挛，冲突隔一会儿就来上一次。穿白衣的女孩子抱住那个男主角放声痛哭。她哀求他，但没有用。接着是另一个男的，对着主角跪了下去：“我求求你了，我给你跪下了，你别再折腾了行不行？”没有回答，但答案显然是不行。主角沉默着，似乎很享受自己被人这么恳求哀告。也许他在平日的生活中是个很窝囊的人，处处忍气吞声，今天夜里借着酒劲儿撒起泼来，心情是不乏愉悦的。就像一个极刺激有趣的游戏，明明已经是强弩之末，但他舍不得停下来，所以，别人一松懈，他就再闹上一阵子，让这个夜晚始终保持着一种高涨的情绪。

仇人到底让他惹急了。仇人也话少，但径直冲向了他。还没等到近前呢，另外三个男人扑过去抓住了他。男人们撕扯了一会儿，两个人短兵相接了一下，很快就被拉开了。正僵持着，110警车开来了。无声无息地，停在两伙男人中间。

车门打开后下来两个警察，一个走进店里，另一个一言不发地看着他们。其中一个男人过来和警察解释，说他们几个朋友喝多了点儿，什么事儿也没有。可能是人多的缘故，警察保持着沉默。等另一个从小店出来后，他们开着车便离开了。连句让他们安静下来、不要影响居民休息的话都没说。如果对面楼里的女人和我一样是目击者的话，不知道会气成什么样儿。

男人们又僵持起来，天色已经开始发亮了。偶尔有清洁工从他们身边走过，他们对冲突视而不见。小吃店的老板拿出一把羊肉串儿在烤，不知这是宵夜还是早餐。差不多过了一刻钟的样子，有几个男人从小店里轰隆隆地奔出来，拦住了一辆出租车，把一个男人塞进了车里。另一个男人陪着也进了车里，然后他们用力地拍着车，冲司机喊，送省医院，快点儿把他送省医院。车犹犹豫豫地发动了，走了几步停下来，几个男人立刻一起喊："快他妈走啊，省医院！"出租车这回才利落地开走了。

剩下的人明显放松下来，三个一群两个一伙儿地站在马路边儿上，边说话边掏出烟来抽。两个女孩子各有一个男人陪着，但姿态上却都有些若即若离。天色越来越亮了，我不明白，夜晚已经过去了，他们干吗还不离开？！

# 暧昧

暧昧实在是个迷人的情感地带。

《水浒》里面满篇的荷尔蒙和血腥气，却演绎了一段复杂的情感关系。潘金莲先是爱上武二郎，后来出轨西门庆，再后来色胆包天毒死武大郎，再后来武二郎为兄报仇，手刃了嫂子。这本书里，一百单八将水泊梁山的豪迈气概，被一个女人的风流事抢走了大半的风头。潘金莲对武二郎，用心良苦，各种眉来眼去，肢体语言，全都是肉包子打狗。武二郎把包子吞下来，吐出几句心里话给武大郎：家里养了这么个不省心的嫂子，以后还是少出去做买卖，多在家当看守。守其实是守不住的，武二郎刚走，西门庆就遛遛达达地出现在巷子里。跟潘金莲一下子就对上了眼。按说这两个人，才是绝配，眼神一搭，从头看到脚，风流往下跑，从脚看到头，风流往上流。风流归风流。重要的还是过程，毕竟男女授受不亲，毕竟一个是人妇，一个是人夫。于是就有了王婆，有了“邓驴潘小闲”。两个人被王婆约到一起，吃吃喝喝，酒上了脸，筷子落了地，西门庆拣筷子，捏的却是潘金莲的“金莲”小脚。这段暧昧N部曲被写得如此活色生香，以至于最后西门庆和潘金莲坐实了奸夫淫妇的事实，反而没什么意思了。但也有人觉得这个意思实在有意思，意犹未尽，以此为开头，另辟了蹊径，演绎出了中国文学史上的另一部奇书。

感情的事情，经常暧昧，难免暧昧、必然暧昧。真要较真儿的话，谁与谁的关系不是暧昧的？父母与子女，夫妻与情侣，兄弟和姐妹，上司和下属。有关系必然有暧昧。一道残阳铺水中还半江瑟瑟半江红呢，没有残阳铺水中，也还有春来江水绿如蓝呢。暧昧关系，本来有宽阔的空间，所有的暧昧关系都是灰色地带。与权势与利益联系在一起时，这种灰色晦暗不明，有股阴险意味儿。加上情感的因素就仿佛加上了绯红色素，变得流光溢彩了。权势利益，总有很多规则不得不遵守，感情却天生有蛮不讲理的特权。我爱，故我在；我在，故我爱。想要翻云便翻云，想要覆雨便覆雨，任意妄为不说，还会被冠以爱情至上之类的美名。在别的关系上面，宁可用“复杂”“麻烦”“千头万绪”之类的词代替，弄来弄去，暧昧关系倒成了男女关系的专用词似的。

男女关系里面，暧昧是最好看最意味深长的一段。胡兰成第一次见张爱玲，离开时她送他，他打量着她：“你怎么这么高？”只这一句，张爱玲便心领神会。《红玫瑰与白玫瑰》里，娇蕊与振保聊天，娇蕊闲闲地说：“我的心是一所公寓房子。”振保飞快地接话：“那，可有空的房间招租呢？”话一递一过，说得慢条斯理，智商情商刀光剑影波澜起伏。

绯兮兮的暧昧关系实在是成全了不少艺术作品。蒙娜丽莎的微笑，维纳斯的断臂，都因为无法确定而魅力四射。王家卫是最擅长讲述暧昧关系的导演。《重庆森林》里的金城武和林青霞，梁朝伟和王菲，两对暧昧关系被一种异常明亮的色调演绎出来，让人叹为观止。相对而言，《花样年华》就阴郁得多，也曲折得多了，但仍然表达得很华丽、曼妙，仿佛玫瑰的一缕幽魂，香得沁人肺腑，也香得肝肠寸断。这部电影能为众多小资追捧，张曼玉的身段和旗袍只是表面文章，说到底，是电影对暧昧情感婉转忧伤、诗情画意的阐释。

“女人总是说不要，最后还不是半推半就了吗？男人总是说够了，其实多少都不会够。”XO的这个老广告很多年前，可以用横空出世来形容，灯光道具场景音乐无一不考究，画面华丽，俊男美女的具体眉眼早已被广告蜂蜜般的氛围融化掉了。只记得当时两个广告模特儿之间，眼神、肢体、语言的交流，暧昧至极。酒是色媒，意是双关，这些都是显而易见的，当时震惊，是因为它竟敢如此暧昧。并且，暧昧得如此闪闪发光，熠熠生辉。

# 陌生感是浪漫的咖啡因

下午的咖啡，才是咖啡。

上午的咖啡当然也是咖啡。不过，早饭后的咖啡，总有些服务的意味，为即将到来的学习、工作、见面，提神醒脑，喝着咖啡，舌头上面有味道，心思却在别处。咖啡还是咖啡，但有些不是滋味儿。

下午的咖啡就不一样了。最好是三四点钟，事情忙得差不多了，或者即使忙不完，知道反正是忙不完的，明天再继续。心思是笃定的。形态是慵懒的。阳光这时候不急不躁，虽然明亮，但去意已决。白云闲淡，无所事事；树荫浓郁，聚拢一腔心思。这是幽暗的、个人的时刻，再添上一杯好咖啡，真是应景。

一定是要好咖啡，速溶就算了。忘了是一部什么电影了，电影里面的男人被意大利黑手党追杀，他在喝咖啡，速溶的。意大利黑手党看了咖啡一眼，傲慢地说：“我喝过这种咖啡，就一次！”这是那个演员唯一的一句台词。不过，他出场也就一两分钟而已。

我抱着靠垫笑了好久。这个笑话像冰咖啡。咖啡还是热的香。磨的时候，香气萌发，粒粒生情；煮的时候，焚香以火，死去活来；喝的时候总算是修成正果。然后才是体会，去除了形式后，内涵慢慢显现，却是在幽暗的五脏六腑里面，咖啡的风韵让人回味。这种回味非常私密，暗度陈仓。而这种心情和气氛，只有在下午才有可能实现。夜晚的咖啡不行。夜晚最衬酒意，薄醉小醉沉醉都好，咖啡根本就是来打岔儿的。对了，冰咖啡的事儿还没说完呢，冰咖啡是青春的，莽撞的。咖啡陷落在冰块中间耍酷，颜值远超实质。冰咖啡本身，就是个冷笑话。

热咖啡才有意思，烫的最好。第一口咖啡，全靠烫，烫像中药的药引子，像戏曲名角儿的开嗓，冷不防的，或者说防不胜防的，让人摇头、叹息、继而微笑。这是咖啡的时刻，几秒钟，但很纯粹。散漫随即而来，东一下西一下的。有一些场面，或者某些瞬间，会突然出现在脑海里。比如某个女子，她在等绿灯过马路，湿着头发，那张没有化妆的脸，可以用“皎洁”来形容。我们的车挡住了她的路，她一边左顾右盼着，边用手轻轻打散头发。路灯亮的时候，她从我们车前走过去，脚步轻盈，转眼就化入了人群中。能让人惆怅的女孩子越来越少见了，而她自己并不知道自己被记取，被感慨，被追忆了。

下午的咖啡自己喝就可以，有同伴也很好，“白头宫女在，闲坐说玄宗”。下午最适合女人们聚在一起，扯扯八卦，扒扒绯闻。因为无关自己的痛痒，说得格外热烈，不只有态度，而且态度强烈。有次约了闺密喝咖啡，她身后跟了她的主管。她解释说刚刚一起在外面工作来着，跟他客气了一句，他还就坡下驴地来了。

主管个子很高，颜值也过得去，自我感觉极好。刚坐下时客气几句，咖啡还没端上来就开始讲他的初恋，那个女孩子如何如何为失去他而痛不欲生，割腕自杀未遂。闺密去洗手间的时候，主管仍旧对我滔滔不绝：“我的故事比琼瑶小说更加生动曲折。你不这么觉得吗？”

我不这么觉得。我觉得那个女孩子也不会是什么好货色。仅从他的叙述而言，她的自私任性幽闭跟主管的自恋虚荣卖弄倒是相配得很。

闺密后来跟我说，他逮谁都讲这事儿。有人愿意为他去死，这把他得意的，好像镀了金身似的。

唉，这种人也遇到过爱情。有人曾经愿意为他生，愿意为他死。生和死是容易的，因为时间短。冲动可为，转瞬即逝。生死中间，却是一条细水长流。有股烂熟的告白是这么说的：最浪漫的事儿，就是陪你一起慢慢变老。可笑至极，应该说，最不浪漫的事儿，才是跟某个人一起慢慢变老。或者说，最残忍的事儿，就是陪着某个人慢慢变老。陌生感是浪漫的咖啡因。它激发了荷尔蒙。让人目如秋水，舌灿莲花。陌生感的妙处不在于它是未知的，而在于，我们对对方而言，是未知的。因为未知，可以知无不言，言无不尽，一张白纸画出最新最美的图画。

话题说散了，咖啡也喝完了。再续！

# 亲爱的爸妈

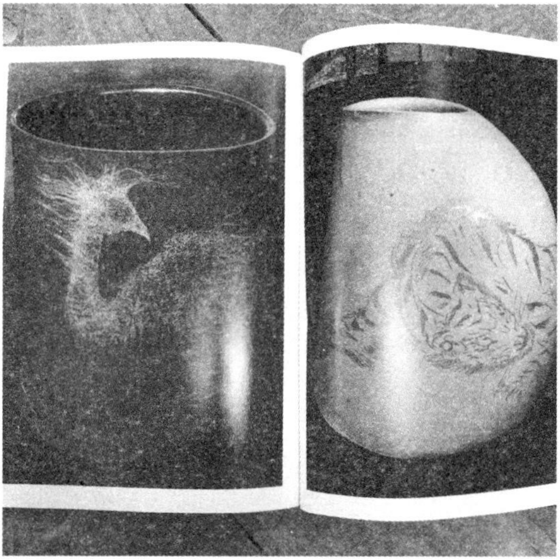

我爸妈退休后，加入了市里朝鲜族老年协会。这下子，我爸老文工团的箱底全抖落出来了。他负责合唱团，从选曲、编曲，给团员们排队型，教唱，声部整合，直至最后演出，有时候还得与时俱进自己做词做曲写歌给大家唱。“岁数大了的人真难摆弄。”他无数次地跟我们感慨。

老年协会的会员之热情高涨，经常到了难以理喻的程度，天生五音不全的，年岁渐增变得耳聋走音的，不怎么爱唱歌但觉得自己也应该位列其中的。在位时好歹是个领导现在唱歌也希望能站在中心位置的，每个人都理由充分，不容拒绝，七七八八收编进了团，排好了位置，排练的时候却从未齐整过。几行队伍掉牙似的这儿缺一颗那儿缺一颗。若是下午排练，还有喝得半醉的，身体摇晃着，这种牙待拔不拔的，更让人烦恼揪心。

各种各样的问题，让我爸头大如斗，抱怨连声，但每次，他也都雄纠纠气昂昂地奔赴老年协会活动中心。除了合唱团，我爸还有独唱。他的高音跟年轻时候相比，少了嘹亮和天真，多了点儿沧桑，但仍旧能波澜壮阔，余音绕梁。舞蹈那边也需要他的国标范儿。跳舞的时候，我爸跟比他年轻十岁的舞伴站在队列前面，我妈跟比她年老几岁的舞伴在中间或者后面。我妈跟八九个老太太还有另外的舞蹈节目，比如水罐舞、花扇舞，动作舒缓，仿佛古老故事的娓娓道来。我们家里经常充满了纸板糊的水罐，彩纸扎的花束，薄绸闪动的扇子，红黄蓝绿的演出服，穿过一次后挂在衣橱里，就像她们的舞蹈节目一样，让人不知道该拿它们怎么办。

相比我妈的静物堆积，我爸在家里动感十足，他弹电子琴，十年间，换了三台琴，功能越来越强大。协会里有个年近七十的老头，迷上了架子鼓，最疯狂的时候他一天打了七八个小时。左邻右舍怨声载道，投诉不休。“鼓一打起来我反正听不见别的。”他振振有词。

家里突然之间变得满满登登的。我们偶尔回家，打开门经常是好几个老太太围着圆桌吃我妈现压的冷面。老太太们对我嘘寒问暖，仿佛我是她们每个人久未归省的女儿。春节的时候有几个未曾谋面过的亲戚来家里拜年。这几位姑姑、舅舅以及他们的家人被时光的大手遮蔽了多年，却在老年协会里跟我爸妈邂逅。他们沿着血脉追溯到几辈子前的源头，发现彼此从未真正远离过。

我们跟爸妈的谈话离不开这些人——老友、老同学、老邻居，以及远亲。这种谈话大部分是我爸妈在讲，我们听。这些跟他们息息相关，让他们欢笑或者感慨的人，对我们而言是如此陌生。我们才不关心他们中的谁谁年轻时从朝鲜战场上归来，成为某团幸存的六个人之一，正在计划要写一部回忆录；谁谁年轻时美貌无匹，照片被放大镶进镜框里摆在照相馆橱窗里，现在头发掉得露出了头皮；我们也不在乎哪对夫妻一生碌碌无为，但孩子发了大财，捐助了老年协会的N个活动；哪两位一辈子活得顺风顺水，睥睨人事一览众山小，离休后的十年间，三个女儿相继离婚回了娘家——

这些六七十岁的人，他们一度以为自己的生活面貌大致定型了，但其实还没有。

老年协会里经常发生些黄昏恋，有些人不愿意独自寂寞，明知道自己已经站在人生的末端了，仍旧愿意再次投入到那些必须彼此将就的吃喝拉撒中去、为种种琐事争吵、应酬对方的家人；有些人则不想再组成家庭了，他们在家庭里泡了一辈子，为伴侣，为孩子，以及相关的一切付出了一生。现在，他们要清静清静了。虽然不乏阴差阳错，但也确实有好几对黄昏恋修成了正果，其中的一对是我爸妈的朋友，男人非常有责任感，照顾病妻多年，抚养子女长大成人，退休后又变成了孙子和外孙和保姆，他需要的温暖和关照却无法从子女那里得到。女人是妈妈的朋友，爱逛街爱化妆爱热闹，什么时候都笑口常开，任谁也猜不出她老公酗酒一辈子。他的工资全部用来买酒都还不够，一路把自己喝到了黄泉。他们结婚后经常双宿双栖，表现出来的默契和喜乐，让人觉得他们之前走过的所有的弯路，遭遇的所有挫折，都得到了补偿。

# 旬之味

日本有不少美食书，食谱是按照季节排列更替的，倒如秋天吃松茸、栗子，冬天食用螃蟹、河豚等。用当令食材制作的美食，即是旬之味，“旬”是指食物的盛产期，味道最好的时候。

食物如此，女人何尝不是？

总觉得张曼玉拍成龙《警察故事》的时候可爱，一脸的婴儿肥，笑起来眼睛眯着，呲一对虎牙，天真烂漫。《警察故事》不止是功夫片，也是搞笑片，情节设置原本有如山间涧流，奔腾、惊险、轻快。有了张曼玉，这条河里无疑多了尾灿烂的鱼。后来张曼玉演《阮玲玉》、演《青蛇》，演《甜蜜蜜》，在电影情节之外，属于她自身的气质开始形成了，那是张曼玉的“旬之味”时期——热烈、含蓄、饱满、又张驰有度，还搭配了一股绮丽悲情，也同时在她身上滋长；连爱情也浪漫无比，既温情又多情的法国帅哥，还是导演，可谓天作之合。到张曼玉拍《花样年华》时候，她作为女人的风头也到了峰顶，窈窕的腰身，窄窄的脸，虎牙早就修掉了，笑容因为整齐的牙齿仿佛被格式化了，多了矜持，少了娇憨。当年的少女长大成人，变成老戏骨了。正如电影名字，花样年华，张曼玉那会儿也还正是花样年华。不过，不是春花而是秋花，春花有点儿傻大姐儿风格，开得战战兢兢的，张大眼睛，看什么都新鲜，看什么都好奇，风也是好的雨也是亲的，及至落地，也还带着一份喜悦，化作春泥更护花。秋花不同，秋花是老花骨，颜色是花从骨子里头抽出血来灌溉的，艳得惊心，也艳得凄绝。香也香得狠，不像夏天的茉莉栀子，香气脉脉，撩拨着，暧昧着，放纵着，无所谓着，秋花的香是救命的稻草，因为输不起，几乎变成一种毒。张曼玉在《花样年华》里也是一种毒，从头发丝到脚趾头，无一处不精致，无一处不考究，她的落寞因而有了重量，有了痛楚，进而变成象征，变成经典。但张曼玉不再亲切、不容易被接受了，如同《花样年华》的电影音乐，旋律深入人心，但记得住歌词的，又有几人？忧郁优雅终于在她的身上打败了天真烂漫，永远地。

在合适的年龄做合适的事情，正如当令时蔬的烹制，因为符合自然时序，食物味道格外好，营养也尤其丰富。在女人“保鲜”的诸多方式中，如何保持并发扬自己的“旬之味”，即使说不上是“首要”，也绝对是“重要”。

比如说林青霞，年轻时候风光无限，美到说一句颠倒众生，也毫不夸张，四十岁时，林青霞退出娱乐圈，回家相夫教子。五十岁了，举手投足间，富家太太的雍容华贵赏心悦目。而同样身为昨日星辰，刘嘉玲如今还三天两头地闹新闻，一会儿跟谁谁传出了绯闻，一会儿又说她为了笼络梁朝伟的心，请道士做法，忙来忙去的，好不辛酸。还有大眼美女关之琳，年轻时明眸善睐，引无数英雄竞折腰，谁想到她过了四十，会变成港台娱乐圈姐弟恋的魁首呢，虽然不愁寂寞，但自己花钱谈恋爱（偶尔尚须倒贴？），总归怪恓惶的。现在，林青霞六十多岁了，偶尔出来晃晃，写本书秀秀，上上节目，总归还是进退有度。她是明星，也是老太太；刘嘉玲还是继续折腾，她对光环和关注太热爱了，只怕一生都舍不得撒手；关之琳一度隐婚，男方年龄身家各种相配，但举案齐眉到底意难平，还是分手收场，重又回到起浮跌宕中去。

女人有姿色，就像食材有美味，清蒸白灼，总有些不甘；浓油赤酱，又要嫌口重。

不过，最惨还是梅艳芳。年轻时以《坏女孩》蹿红娱乐圈儿，丑是丑到无人能及了，难得的是她那份自信挥洒，笑傲江湖，其奈我何？连《胭脂扣》里“摸摸手都要给钱”的如花她都敢演。那种风尘中的绚烂美色她固然是没有，但变成鬼后，如花的凄凉绝望她硬是演得入木三分。红牌妓女弱质女流身后的强悍，温情缱绻中间裹挟的冷酷，都被她刻画得丝丝入扣。不幸的是，如花的命运以倒转逆流的方式回到梅艳芳的身上，身为娱乐圈儿的大姐大，众人记得最多的是她的潇洒作风，忘的最多的是她也是女人，也有软弱无助的时候。梅艳芳一辈子最想做女人，最想结婚，但婚纱是在她癌细胞扩散后，她最后一场个人演唱会的舞台上穿的。她是那么郑重其是地和她身为明星的星光结了婚，那么正儿八经地嫁给了一场华丽的虚无。她死以后再听“花开不多时啊，堪折直须折”，真是令人潸然泪下啊。

要说最吓人，还是刘晓庆。当真是老当益壮，鲜花插满头，把PS照当糖果发，对流逝的时光硬是视而不见。怎么会看不见呢，松弛，皱纹，粉饰，做态，这么一大把年纪了，还活得如此，真让人语塞。

女人如花，女人如果当折须折，该摘就摘。少女时可以做林黛玉，少年不知愁滋味儿，叽叽歪歪别别扭扭；年纪大些就一定要薛宝钗，美貌与智慧并重，察颜观色知情识趣；再老一点就王熙凤，生财有道锦衣玉食，最要紧是当家作主；耄耋时最好变成贾老夫人，前呼后拥，一大堆人争着逗乐讨好。何必苦巴巴地抓着青春美貌重名厚利？那些东西该有自然会有，没有，纵使纤纤玉手变成九阴白骨爪，也还是两手空空。

看张曼玉在《清洁》里面演过气歌手，吸毒，失去爱人，没有朋友，连孩子也归了别人。她孤零零在冷风里走来走去，孤独着，寂寞着，巴结着，痛苦着，难免一时分神，觉得人生如戏，戏如人生。五十岁的张曼玉真的要当歌手了，不管她对着话筒，一嗓子能吼出什么来。